U0908829

2022
中国
年选系列

2022年中国
诗歌
精选

中国作协创研部　选编

長江出版傳媒 | 长江文艺出版社

图书在版编目（CIP）数据

2022 年中国诗歌精选 / 中国作协创研部选编. -- 武汉：长江文艺出版社，2023. 1
（2022 中国年选系列）
ISBN 978-7-5702-2939-0

Ⅰ. ①2… Ⅱ. ①中… Ⅲ. ①诗集－中国－当代 Ⅳ. ①I227

中国版本图书馆 CIP 数据核字(2022)第 208491 号

2022 年中国诗歌精选
2022 NIAN ZHONGGUO SHIGE JINGXUAN

责任编辑：王成晨　姜　晶　　　　责任校对：毛季慧
封面设计：徐慧芳　　　　　　　　责任印制：邱　莉　胡丽平

出版：长江出版传媒 | 长江文艺出版社
地址：武汉市雄楚大街 268 号　　　　邮编：430070
发行：长江文艺出版社
http://www.cjlap.com
印刷：武汉科源印刷设计有限公司

开本：680 毫米×980 毫米　1/16　　印张：17.625　插页：2 页
版次：2023 年 1 月第 1 版　　　　2023 年 1 月第 1 次印刷
行数：8122 行

定价：35.00 元

编选说明

每个年度，文坛上都有数以千万计的各类体裁的新作涌现，云蒸霞蔚，气象万千。它们之中不乏熠熠生辉的精品，然而，时间的波涛不息，倘若不能及时筛选，并通过书籍的形式将其固定下来，这些作品是很容易被新的创作所覆盖和湮没的。观诸现今的出版界，除了长篇小说热之外，专题性的、流派性的选本倒也不少，但这种年度性的关于某一文体的庄重的选本，则甚为罕见。也许这与它的市场效益不太丰厚有关。长江文艺出版社出于繁荣和发展文学事业的目的，不计经济上一时之得失，与我部合作，由我部负责编选，由他们负责出版，向社会、向广大读者隆重推出这一套选本，此举实属难能可贵。

这套丛书的选本包括：中篇小说选、短篇小说选、报告文学选、散文选、诗歌选和随笔选六种。每年一套，准备长期坚持下去。

我们的编辑方针是，力求选出该年度最有代表性的作品，力求选出精品和力作，力求能够反映该年度某个文体领域最主要的创作流派、题材热点、艺术形式上的微妙变化。同时，我们坚持风格、手法、形式、语言的充分多样化，注重作品的创新价值，注重满足广大读者的阅读期待，多选雅俗共赏的佳作。

我们认为，优良的文学选本对创作的示范、引导、推动作用是非常重要的，对读者的潜移默化作用也是十分突出的。除了示范、引导价值，它还具有文学史价值、资料文献价值、培育新人的价值，等等。我们不会忘记许多著名选本对文学发展所起到的巨大作用，我们也希望这套选本能够发挥它应有的作用。

这套书由中国作家协会创作研究部编选，具体的分工是：

中篇小说卷由何向阳、聂梦同志负责；

短篇小说卷由岳雯、贺嘉钰同志负责；

报告文学卷由李朝全同志负责；

散文卷由王清辉同志负责；

诗歌卷由李壮同志负责；

随笔卷由纳杨、刘诗宇同志负责。

中国作协创研部

目 录

第一辑

第二辑

第三辑

第四辑

第一辑

与诗人谈语言和诗歌

吉狄马加

不是一种语言就能
真的替代另一种语言，
在那声音的王国里
独自飞翔，就算是
一只凌驾高空的鹰王
它也必须与那众多的
飞禽走兽，抑或连肉眼
也看不见的昆虫共存。
哦，诗人！这并不是
什么高深的玄奥
更谈不上是一道神秘莫测
千年未解的难题，
出现这样的情况，疑问最好
留给心无旁骛的怪人
废寝忘食的天才
死心塌地的傻瓜。
而语言是思维的梯子
从世界的这一端出发，
跨越了婴儿的摇篮
悲欢离合的地带
所有生和死的距离
直抵最后的火葬地。
那梯子的另一端，却在
意识疆域的白色之外
伸向了难以言说的领域。
没有一种语言的诞生

不包含人与万物的联系，
日月以及灿烂的星群
都将在寂寥的天幕上
迸射出心灵辉煌的映像。
从古至今，语言就像松柴
在大地的火塘里噼啪作响。
或许巴比塔①就是一个传说，
当正义站在道德的峰顶
亦不难做出正确的判断，
那就是，在语言的家族中
平等是唯一的标准，
这种平等并不完全来源于
它永远不可被剥夺的权利
而是鲜活的语言本身。
当声音成为命名天空、大地
和抽象之物最初的法器，
潜意识的疼痛将发出
一开始就不一样的叫声，
这是创造女神子宫的回响
字母隐藏于穹顶的周边，
那是祭司回旋往复的音调
穿越了人和神的疆界，
随着袅袅升高的烟火
韵律的大炮攻陷了由说唱
构筑的传说和故事的地堡，
集体口诵的经文和史诗
被火焰的舌尖多次舔舐，
勇士前赴后继，递进的排比
永不停息的上下起伏

① 巴比塔，也写作“巴别塔”，是传说中人类为拥有共同语言而建的通天之塔，因上帝干预计划失败。

把节奏送至欲望的最高点，
词语的炮弹呼啸而过
在母语的天空缀满黑洞，
那是英雄的伤口，当然也是
滚落在肋骨上的天石。
因此，没有一种语言不具有
天然的神性的力量，
否则，语言的灵质就不能
将声音的金属置于天地。
向每一种语言致敬，在这个
星球凡是人能达到的角落
据说每一天都有语言消失，
哭泣吧，人类！那些流通的货币
并不把承载这一古老的基因
作为一种不可推卸的责任。
遭遇经济的竞争，在全球化的
名义下加速了它的死亡。
那些传统的讲述者只能对着
镜子与另一个空间的祖先私语，
录下他们的声音吧，虽然不是挽歌
但这也许就是最后的告别。
放下偏见吧，时间的确已经太晚
可是对罪行的救赎却不会停止，
完整的人类，尽早知道它是你的
一个部分，这样损失也许会更少
但可预见的结局并不太好，
谢幕只是悲剧的序场
真正的故事才刚刚开始。
让那些所谓的法则和发黄的宪章
从皱巴巴的故纸堆中醒来，
睁大眼睛，看看在所谓
文明的框架内又有多少

弱势的文化受到过善待？
告诉他们，语言的本质从来
就不分大和小，这就好比
个体生物的存在是一种唯一。
大多数人都这样说：嗨，语言
就是交流的工具，通过它
可以轻松地走向世界。
这样的结论当然没有错，但这
只是对语言最起码的认知。
其实更重要的是词语的石头
摞建的声音和符号的城邦
才让揭示诗的奥秘成为可能，
它有储藏粮草和武器的地方
以及防御敌人投毒的
通向每一个名词的暗渠。
他们赞叹太阳亘古不竭的力量
与黎明前的晨星对话
把雄性生殖的箭矢全部射向
已经占领的想象的高地，
那里早已成排列队的形容词
将接受毕阿史拉则①的检阅，
每一个战士都有自己的名字
就是偶尔的同姓同名者
也会用代词强调英雄的身份。
据说祭司和语言的通灵者
在松明点亮时就是一个人。
那里动词弯曲成弓形，成熟
饱满的谷穗低下了头。
那里量词的力旋转膨胀，将对手
分成了比燕麦粒还多的两半。

① 毕阿史拉则，彝族历史上著名的祭司和文字传承者。

那里副词的小孩，让恸哭者
拖长自作主张两者中的一种。
那里无论怎样的连词，看见
骑手在平地落空马失前蹄
哈哈大笑让深谋远虑的完美
找不到假装的藏身之地。
那里天空的方位词，将指引
身经百战的先辈顺着白色之路
才能与祖先的灵魂会合。
那里呼呼的象声词从天而降
嚯罗啵罗滚过大地的胸膛，
还能听见手执簧柄的芳唇
以口腔的共鸣，弹奏出
另一种恋人之间的密码，
这证明了一个事实
没有声音和符号，就不可能
有典籍上那些沉默的文字。
那里说唱克智①的对手
揶揄不可限定的夸张
烈酒催生了瞬息万变的花朵
拟声词的金属器皿
在原始三色的底部陷落。
那里月琴的音符因为激烈弹拨
戛然而止，折断的琴弦
与状态词相拥而泣。
那里《兹玑瓦倮》② 的幻影
是从谁的手上第三次
才变成了超度祖灵的仪式。
那里变调的词层出不穷

① 克智，彝族传统诗歌的一种对唱形式。
② 《兹玑瓦倮》，彝族祭司著名的超度经书之一。

但只有吉勒布特①更小的方言
才容易描述那些黑色的绵羊。
那里男人的发髻是
最神圣的地方，
只有在那样的语境下
普遍的认同才更为真实。
当词语和声音成为经文的
核心部分，而不是意义
主宰了信息传递的全部
诗歌便来到了我们中间。
就是在封闭的语言的王国，
自在的词只选择诗歌的冒险
并找到那扇逃身的门
隐喻的功能实至名归。
真正的灵物，始终躲在镜子背后
唯有语言的边界吹动抽象的数字
如果结束了空白纯粹的邂逅
内在的光将与弓手失之交臂。
哦，诗人！黎明时真正的号手
同样在黄昏时分的摇篮旁
准时点亮了谣曲催眠的灯。
不是语言里散发着香味的荞籽
被轰隆隆的石磨碾出了谚语，
而是琴弦在无意识的绿色上
流淌着自由快乐的影子。
诗是双舌羊约呷哈且②的叫声
咩咩咩的双关语动人心弦
一个在火焰之上，另一个
抛弃词的释义已逃之夭夭。

① 吉勒布特，大凉山彝族聚居区腹心地带一地名。

② 约呷哈且，彝族历史上一只有名的绵羊，传说它是双舌，鸣叫声能传得很远。

诗在苍穹的中心，无一例外
将与抽象的几何数字重合
没有了整体白色中
那一点黑色的白
由词语构建的黑暗的光
也会失去隐藏的意义。
诗并非是语言智力的游戏
但当我们把虚拟的钥匙
插入现实不确定的锁孔
不可否认游戏的成分
已经在修辞中出现。
赫列勃尼科夫①的桌子
因其倾斜的角度岿然不倒
他的亡魂还在不同的
语言间改头换面喜形于色，
但众人还能从他时间的
跳跃里找到数学演算的方法，
据说这个人告诉我们的
都是未来自由人类的语言。
形式裂变的胜利就在于
我们创造它的同时
它也势不可挡创造了我们。
从词语的面具定义所谓的功能
当然不可能目睹声音的火焰
如何颤动于诵读人的喉咙，
唯有不可复制的非理性的吟唱
诗的精灵才围绕着族人的火塘。
嘘！让歌手喝口酒，暂时休息一下
此时你们可以仰着头仔细听

---

① 赫列勃尼科夫，20世纪俄罗斯诗歌未来派的主要发起人之一，提出了“时间跳跃”诗歌美学中的重要概念。

精灵的翅膀翕动空气的销声。
语言是所有种族返乡的理由，
艾梅·塞泽尔①因此受到了
许多陌生人发自内心的热爱！
如果现实中那些曾经熟悉的物品
已经在时间的深渊销声匿迹，
那棵树，那棵草，那颗晦暗的星
那些被改变后失去的一切
仍然会活在语言中，只要词语不死。
语言是土著最后的栖居之地
是流亡者可以潜入其中的庇护所，
因为自由、正义和公正
语言也是反抗暴力的武器。
然而，在这个世界更多的时候
语言在诗人的呓语和笔尖
又把多少美好的爱情呢喃吟唱，
可以肯定，对女性永恒的赞美
是诗人在昨天、今天以及未来
无可争议令人艳羡的天职。
诗人不仅要在大众语言的广场
去寻你众多志同道合的兄弟姊妹，
还必须要爬上那夜色中的高塔
为默然前行的人们点亮火把。
当然更是因为诗人，语言新的维度
才千百次地闪耀着光的门扉，
没有诗人对未知经久不衰的好奇
诗歌在语言的每一次战役
就不可能取得节节胜利。
哦，诗人！语言忠诚的守护者

① 艾梅·塞泽尔，20世纪法属马提尼克著名诗人、政治家，代表性作品有《返乡笔记》。

多活一天，是因为母语需要我们
去创造晨曦一般新的奇迹。
哦，诗人！在呐喊冲锋的征途
正如马雅可夫斯基①的预言
也许我们会成为诗歌的烈士，
但请相信，人类语言不朽的碑座上
将会留下你们的名字！

《诗刊》2022年8月号上半月刊

器　识

胡　弦

1

在博物馆里我看到一只水罐，
破裂，又重新被拼好，有几块不见了。
一只这样的水罐，类似遗址，
不是考古学，更像一种遥远的地理学：一处
我们遗失在时间中的住宅。
当初，它被水充满，那水，便再也不是自然之水，
透明、清亮，像一种新生的世界观，
又像人世间最温暖的事。
当它突然破裂，猝然传来的
是卷散裂纹，和解体般的灼热。

① 马雅可夫斯基，20世纪最著名的诗人之一，俄罗斯未来主义诗歌运动的核心人物。

2

我在听一只陶罐。
这是另一种圆满：“那残缺的部分，
可用来修补它的一生。”
——向着上游，由完善的
听觉推动，直到它回到最初的一群。
在谛听中，一切仍在继续，新的形态
出现在每个人面前时，恍如
爱是比折磨更糟的事情，
永恒是比短暂更糟的事情。
你了然于胸，又对这了然一筹莫展。

3

它最早是尖底的，方便在水中翻倒，
当它被充满，多数人看到它装得很少，
少数人看到自己需要的很少。
它的尖底，直立于大地柔软的年代。
后来，它变成了平底的、青铜的、瓷的，形状
和名字，都发生了改变，分别被叫作
瓶、罐、瓮、碗、杯、壶、炉、爵、尊、鼎……
有的太大，为国之重器，
有的很小，适合晚餐时的放松和欢愉。
大大小小的空，每一种
对应着不同的欲望和功能：泡茶，插花，
温酒，无物可盛时，空着。
——它也会饿，长久的空无使它
慢慢在平静中被恐惧充满，变成了
一个无法被界定的空间，并加设了密码。
“空间，同样会被饿死。”

仿佛有一张脸从那里
望着我们，带着祈求，但再也不是
一种表达方式。

4

空，早在我们的设计中。
我见过陶器的制作：在一个
电动的转盘上，工匠的手
从一块泥坯的中间开始。
手几乎不动，坯在旋转，中空
越来越大。如果是
大型的器物，工匠的整条臂膀都会伸进去。
由此我知道，它腹中的每一个
微小的去处，都曾接受过抚摸。
手总是贴在内壁上，贴在一个
不断扩大的内空的边缘，
那内空，旋转，吮吸着离心力。
在一颗空心中，仿佛
有个看不见的上帝在歌唱。后来，
当我内心空荡荡，总像处在离散中，
总想聚集，并得到更多。当我一次次
在生活中爬坡，总像
攀爬在器物光滑的内壁上，滑下来时，
像落回到一个陷阱的底部。

5

我的书柜上摆放着一只陶罐，
是诗人徐舒所赠。
他回澳大利亚前，我们一起研究过它。
他指着上面的几个小凸起说，

这叫釉泪。而我看到的
是几个闪亮的小滴珠，给了质朴的陶罐
一张新的脸。
釉泪，陶在向瓷过度。流泪，
发生在一种伟大的时刻，为火焰造就。
那是火焰在哭泣，那是欢喜或悲伤的泪，
那是火在给一只陶罐送行。
后来在一本书上，我看到一只陶盆中的
一张人脸，嵌在网格状的鱼纹中。
我仿佛看到自己的脸，徐舒的脸，很多人的脸，
它在鱼中，在水中，但没有
逐流而去——是时间把它还给了我们。
在南京时，徐舒常来聊诗。这个
漂洋过海的人，对汉语的迷恋
尤胜于我。他不停地抽着烟，脸
隐在烟雾中，有时突然咳嗽，呛出眼泪，让我
看到泪滴的另一种来处。
陶罐在书橱上，不动，但它产生的离心力
一直在扩散，像一种古老、不竭的力。
那些远行的人，有时会在茫然中回头，背后
什么也没有。
他们走着，听着自己的脚步声，不知道
在他们身后，一个无声旋转的空间
一直跟随着他们。

6

这是那能够被听取的器：
作为祭品的钟、缶、振铎、磬……
它们是青瓷，最早
是青铜的替代品，但已不能被敲击。
材质之变，使我们的陈述

趋向冥想和沉默，如同
患上了嗜睡症的心理学。
但在博物馆里，它们重新成为礼物，
并从一片失踪的天空中
带回了云，和云纹。
不能被敲击，但其中声音深藏，并一直
要求被听取。这也是
由器识诞生的文艺：那空无中
只有音乐取之不竭。
每次有人来，灯亮起，光
探入那空无，希望能从中有所发现，因为
光像一声轻声问候，而反光会尖叫，
仿佛一种发现，在这里，在这里……
如此，一个古老腔体，被跟踪，并成为
音乐一再被确认的地址？

7

我们是受过伤的人，
我们从破裂的古瓷片那里看见
永不愈合的伤口怎样存在，
我们从一只骨灰罐那里，看见死亡怎样存在。
我们像盛满了水的水罐那样站着，
我们像插着花的梅瓶那样站着，
古老的瓶、新鲜的花，共处于
含着恩情的同一个时刻。
像在一个封闭的系统中，从完美的
青花那里我们认识到，
我们自身也是完美的。
我们像振铎，舌头在碰壁，在驾驭着音乐中
最微妙的寂静。
我们像桶底脱落，释放那空。

我们像薰炉，香气
像受惊的鸟群，从我们体内大面积升起。

8

我认识一个隐居的做瓷人，名王志伟，
那是在云和，他两手沾满泥浆，使我想起
一块清瘦如云、名叫云骨的石头。
他在一本书中说：匠心即道心。他认为，
三月的江水是最好的釉色，
而九月的青山痛如一件新瓷。
他常坐在一堆不成功的试验品中间，像个
一直在研究失败的人。
我还认识一位老年的窑工，不知其姓名，
在电炉流行的年代，他坚持烧土窑（名龙窑），
他说，柴焰在这种遗物般的窑里
只能拾级而上，并死在通往博物馆的路上。
那是在鸣鹤镇，古窑址
像个陈旧的祭坛，一潭秋水
清澈得像什么都不曾做过，而阵阵鹤唳
摆脱了地心引力，正消失在许多事
刚刚离去的长空中。

9

陶瓷，易碎品，容易
成为悲伤的个体。
这使我想起“金缮”一词：一种修补术，
又像一种
从事后的心中出发的忏悔。
——我们失过手，搞砸过，然后，
才是这种金色的漆，看上去

静静的，刚开始时，甚至
带着点儿对自己的怀疑，却突然
被一种夸张的热忱认领，剥开自身如剥开
一条火的小溪；然后，
在一条看不见的伤口中我们
提前把自己处理完毕；然后，
像一种来历不明的哲学
在追问完美：我们意识到了结束，
同时意识到了无法结束。

《诗刊》2022 年 6 月号上半月刊

与神对饮

欧阳江河

醒酒时刻，与神对饮
神的肉身已幻化为美酒
二十分钟的醒酒时间
够大地的葡萄深埋两千年

这个世界为酒神准备了
一只永远是空杯子的圣杯
但那些沉沉睡去的圣杯骑士
真的能从中世纪醒来吗？

神的选择是：在贺兰东麓
入土，以便破土时能尽兴呼吸
这片通神的高古之风、灵晕之风

醒酒时刻，每个人都在等待

种植葡萄的人在等着采摘的人
酿酒的人在等着饮酒的人
眼前人在等天边人喝得微醺
今人在等古人喝得烂醉

但滴酒不沾的人，又在等谁呢？

醒酒时刻，究竟有多少葡萄
经历了蝶变，变容为蝴蝶与明月？

神不在意对饮者在飞，还是在开花
也不在意酒杯是夜光杯还是空气

晚采的葡萄，杯中人的远手啊
不是谁的酒都能从万古喝到今宵
除非天上的赤霞珠火树银花
除非神也贪杯，受到人类的邀请

拿出好年份的法塞特吧
美酒在上，人神共饮

《万松浦》2022 年 1 月创刊号

阆州，广德二年

臧　棣

大雁的迁徙不会迁就
这圆滑的感叹：高处不胜寒。
这始终是我的角度：不一定似锦，
但盛开的鲜花必须高过

木塔里有一座顶峰。
眺望归来，一个偶然，让我知道
大雁也喜欢试吃樱桃，
就好像那是我省下的一份口粮，

特意留给它们的。年轻时，
我曾捉对，将白刃和红尘
紧紧拴在假想的意气中。如今，
肉体的艰难如果不能归咎于运气，

我就还得从头再来，揪下
几根白发，混进占卜的枯草。
而草木的萎谢，如果能撞见的话，
我其实已卷入了一桩奇迹。

《诗刊》2022 年 2 月号上半月刊

杜　甫

李　浩

你站在星空，湖光倒尽，
如同沙粒。幽僻的山峦

尚未敞开，受诅的山果，
便开始坠落。天地之间，

湖星拱起的，无人之境，
如同静止的弓箭，横亘着

苍穹的苦瘠。滚滚长江，
已从那益阳，汇入资水。

洞庭湖上的燕子，“不曾
触及：它们飞过的水域”。

《三峡文学》2022 年第 11 期

深　渊

聂　权

吴带当风，吴道子赵景公寺
画地狱变相图
“笔力劲怒，变状阴怪
睹之不觉毛戴”①
屠猪杀狗渔猎辈，观此图
惧罪、悔过、改行者多，
长安东西两市肉类
竟因而不售。一整座
十八层地狱
由心中挪至壁上
是画者心有地狱
抑或只是心中盛装地狱
与心中只是盛装天宫
抑或是心有天宫
同样都属
难以辨明、难以自辩的悖论。可能是民间
早有隐约疑惑，所以造了传说

---

① 出自段成式《酉阳杂俎》。

宁王与赵景公寺住持
邀吴道子作画，吴骄怠，迟迟
未肯动身，住持改邀皇甫轸，因皇甫技艺
逼近自己，吴雇凶杀之
而真入过一次地狱
酒醒，猛生忏悔
大师一夜
凝视、画尽深渊变相十八种
壁上诸相，纤毫毕现，使人
望即惊恐
有人说，那是大师
巅峰之作

《扬子江诗刊》2022 年第 4 期

湛　卢

丁　鹏

登剑山须赤脚，须卸下匹夫之怒
须随着剑山的根须拧紧剑首的同心圆
绕着敦厚的剑茎感受命运的抓握之力
须吹奏《九韶》安抚剑格的睚眦

须令睚眦高啸，吐出浩然的剑气
须在被廓清的山麓大声呼唤欧冶子
直至断发文身的铸剑师沿剑脊走向你
见他遒劲如铜，眼中有锡的光焰

见他以身为范，铸一柄诸侯之剑
如今剑就要成了，他要以春秋来试剑

他要以勾践的卑辱来试那剑脊的韧度
要以熊壬的逃亡来试剑面的纯度

要以劈开宗周，来试剑锷的硬度
他不知道，三千年来天下多的是名剑
庶人之剑天子之剑在豪雄的腰间流转
而活着把每一个人都逼退至剑尖

《扬子江诗刊》2022 年第 3 期

在黄河的时光里（节选）

高　凯

1

姓有黄姓
帝有黄帝
黄河深处黄金沉底

2

即使是破了
甚或已经成为一块碎片
那些出土的彩陶都有一肚子黄河水

3

每一次拐弯
黄河都是在怅然回头
每一次回头之后都是昂首奔流

4

当一条河流成为母亲河的时候
她肯定是历尽苦难
并带走苦难

5

黄河的水从来就不是好喝的
谁想让黄河认识自己
必须呛一口水

6

在黄河里把自己洗黄了
就是把自己彻底洗净了
那群裸泳者好像就是在洗自己

《扬子江诗刊》2022 年第 4 期

为黄河立传

金石开

只需一条曲线或者一个汉字
一笔或者两笔。关于黄河
谈起母亲，用不着太多笔墨

毕竟是黄河的下游
河道上大片大片的沙丘

就像母亲头顶上的斑秃
缓慢的河水，艰难的呼吸
母亲河奄奄一息的样子

曾无意中探访过她的上游
也有青翠秀丽的两岸
两岸间也有清澈碧绿的激流
一个一心向前的人驾车而过
目不斜视，只顾盯着前方
错过了母亲青春的影子

也在偶然中探访过她的前生
黄河故道上光滑起伏的地面
是她几千年前转身的足迹
那一次，她把自己摔出很远
只留下大片大片的古桑葚树
树枝上的果实像一条条小龙
密密麻麻，全是她的子孙

故乡的路从此闲置
长长的黄河大桥架在空中
虚张声势，纪念母亲
浑浊的泪水成为桥下的风景

《中国文艺家》2022年第1期

先路考

王久辛

乘骐骥以驰骋兮，来吾导夫先路。

——屈原

他开劈先路的方式很特别
怀抱着一块大石头
用绳索捆绑在自己衣袂的腰间
他要在自己的身躯上
再加上一块
让自己无法挣脱求生的重量

决绝是心里的事情
设想入水即是永不回头
不要一丝悔意
和半点犹豫
他要直接进入死魂灵
进入天界地府
进入冲开地狱之门的最后一个
关键环节

把死拧成一股劲儿
破门而入
用毁灭开劈先路
证明先路是从死亡开始的
第一个瞬间
是瞬间的毁灭瞬间的诞生
是无中生有的生

是死生之罅隙里的三山五岳
压在心上
使沉重的灵魂
在喘吁的气息里
实现刹那间的精神定格
似粉墨登场的亮相
如背弃俗念的清高

嘿嘿，先路
先路就是最先被人愕然
被人嘲笑被人讥讽被人丑化
被人描绘成离经叛道
被第一代漠视被第三代发现
被第十代崇拜并且当成传说
传成了——神

神啊！我的屈子
你的父亲希望你平平安安
健健康康
你却舍弃这个平
非要在不平的世界里
寻求一个公众认同的——平
哦，屈平
我的屈平
不是趋于平而是追求平
早在书写 373 行的《离骚》之初
你就有了灵光闪耀
开篇第 23 至 24 行
乘骐骥以驰骋兮
来吾导夫先路
就用了你灵魂里鲜红的血
和乳白的骨髓

凝铸成的神骏而一飞冲天
开劈了先路之路
不是路漫漫走不到尽头的路
不是大路小路的路
是没有路
我来开劈新路之路的路
是先锋开拓的阡陌之路的路

哦，屈平
有点儿等不及
有点儿迫不及待
望着汨罗江浩渺的水面
他觉得就是薄如一张纸的距离了
就是一跃的距离了
离成功这么近
这么近了
三皇五帝到如今
什么时候有过与成功
一跃的距离
那是须臾之间
刹那之际
一跃之劲爆炸裂
一往而深情似海
宁溘死以拧成绳把大石
捆绑在腰间
试着蹦跶一下
再蹦跶一下
三下之后
就是一跃冲进万里涛
以自己前驱之身
沉入江底
葬身鱼腹

实现毕生之决绝果敢的
饲喂鱼鳖的精神追求

嗯，大鱼小鱼
啃食他肉身的每一次开合之嘴
都是他进入人心的一厘厘
一寸寸的掘进
也是他进入永恒的一丝丝
一毫毫的艰难前行
在没有路的路上
他的绝死之路就是路
就是那个他接下来写就的
路漫漫的路
在汨罗浩瀚的江水中
可上可下的路
所以，他的掘进与前行
才是他上下的求索
魂舞于九天
魄蹈于五洋
他是他自己在没路的路上的
开路先锋
他死而后已
他夫复何求？

噫吁嚱，此乃久辛诗考
以想象证之毕

《湖南日报》2022 年 4 月 8 日

另一片天空

刘立云

另一片天空是寒冷的天空，云谲波诡
和危机四伏的天空
布满荆棘和火焰。一切都必须重新审视

“一切”包括他的部队、他敬仰的统帅
他的战争谋略和战争手段
他那些说话时
总是窸窸窣窣掉落北方和南方
渣土的士兵，还有那些士兵们握着的
曾经破破烂烂，但经过修修
补补，如今依然在使用的步枪和冲锋枪
还有他们的履历，他们长年挑担和扶犁
留在肩膀和手掌上的茧疤
他们卑贱的如同家里的鸡鸭用磨碎
石头和沙子，磨出来的胃
他们的耐饥、耐寒、耐渴、耐狂风暴雨
和天崩地裂的能力。接着呈现的事实是
他们的生存和战斗，既风雪弥漫
又水深火热，
每一天都要穿越十八层地狱
他撒出去的每一个兵，
都必须是一个堡垒
一道战壕、一座岿然不动的高地

突然成为对手的那些人，他们金发碧眼
武装到牙齿，比我们任何时期的对手

都强大，都骄横和不可一世
仿佛天空和大地是他们的，
天空和大地间的高山和海洋
阳光和空气，都被他们跑马圈地，占为
己有。谁触碰山顶上的一粒雪
青草上的一颗露珠
他们的军队和士兵就会头戴钢盔
脚蹬翻毛皮靴，
身上披挂着眼花缭乱的杀人利器
乘坐飞机、坦克、军舰，气势汹汹地
从天上来，从海上来
或者拖着大炮，坐着十轮重型卡车
嘴里吊儿郎当地嚼着口香糖
从陆地上大摇大摆地来。那种
耀武扬威的样子
如同蝗虫过境，龙卷风拔地而起
洪水和山火攻城略地
呈现出杀气腾腾的碾轧和荡涤之姿

甚至皮肤、骨头、呼吸对环境的适应
神经末梢对于时间的
记忆和判断，一切都必须重新
审视；一切都必须放在
崭新的战争度量衡上，再次辨析和确认
任何的彷徨、游移、等待、观望
任何的畏惧、躲闪
和逃避，都是徒劳的，都将被他们毁灭

唯一的选择是穿越狂风暴雨，勇敢无畏地
迎上去，把旗帜插向高地
在一次次残酷的你死我活的搏杀中
用血肉护卫它，浸染它，

让它像火一样燃烧

《解放军文艺》2022年第1期

1692年，午时的明月

——写在王船山故居

刘笑伟

那一年，正月初二
他，头戴斗笠，脚穿木屐
陷入大雪与严冬的重重包围

午时。湘西草堂三间茅屋内
他躺下来，头枕一轮明月
内心的光明，让一生渐渐安静

彼时，有思想的舍利形成
透明，闪光，坚硬，散落书桌
屋前荷塘，未来的莲花已隐约绽放

微信公众号“诗刊社”，2022年9月14日

芯　片

王学芯

硅片或芯片
工业魂髓　恰好在手里
像紫蛙和玻璃蛙　跃出一座城市

变成空间里一股拉长的气流
悦人的荧光跳动　激光的意识与知觉
从抽象到具体一点　触及
集成电路　制造应用　纳米　器件物理
融汇一切美好事物和生活的关怀
改变一眨眼的现在
光芒在精确的色彩中形成延伸的术语
替代全部电子元件的功率　功耗　功效
如同一瓣栀子花　弥散芳香
连接通灵的社会　家庭及所有个人的便捷
抓住的每一件事情　每一分钟的价值
每缩小两三毫米的加速交织
环境　年轻天空　昂首阔步的大地
仿佛都已变得纤细
留下了昨天无法留下的密集印记
使动词的芯片
名词的芯片
晶格里一朵朵状态的云
蓝色的金色的橘色的红色的光线
在双重的观察中
变成簇簇温暖的火焰
并在这瞬间　充满了
震惊的闪耀

《雨花》2022 年第 6 期

站　点

王二冬

快递站点，多数躲在城市的角落
楼房高耸、人群拥挤，它渺小
有人注意它时，它就跳出手机里的物流轨迹
成为收件人口中的一句：瞧，它在那里
站点，没有被主城区的地图标记
可以任意涂改，也能要求迁移
作为快递网络的神经末梢，它的血量不足
应该是心脏和外力并存的问题
有人关心它时，它就成为社区的一分子
十几或几十个异乡的年轻人靠它立稳脚跟
又凭借勤恳和善意融入城市
他们日夜奔忙，搬运着新时代的丰衣足食
在我的眼中，站点就是整个宇宙
我们的人生经历或不曾经历的都在其中
快递小哥们的辛劳和付出是恒星
靠他们养活的妻儿和家庭是行星
偶尔的懈怠、不满甚至怨念是流星
而已习惯他们的万家灯火便是这茫茫苍穹

《诗刊》2022 年 6 月号上半月刊

距　离

龙小龙

从石英砂到单质硅
从分散的颗粒到成建制的块料
从懵懂的新学员到熟练的操作工
从一线巡检工到技术员
再到总工程师

物质还是那些物质
人还是那些人
只要保持不变的本性
秉持一颗初心
在发展的定义域里
时间和空间的距离就自然趋零

总是在不知不觉中
就进入了一个超音速时代
质变与量变，反复演算和编写
关于另一种生长的概念
也是我们没有闲暇工夫来求证的
定律和哲理

《草堂》2022 年第 10 卷

向大炮学习表达

姜念光

语言，使用钢坯和铜锭
从空气中瞬间造出一个大洞
怒放与震撼的修辞学
犹如把大象扔向胸口
而旋律，在咆哮深处，竟然是
安静的
全部是哑巴，全部是聋子
因此只能用视觉去写，去倾听
舍命的情感，合金的喉咙
第九交响曲
群山埋首，用上了所有节奏强烈的动词
一边发抖，一边传诵

《世界军事》2022 年第 20 期

送　别

——致李叔同

李少君

送别
你把自己送到了寂静之地
悲欣交集，终归圆寂

你凡事认真

一刀一笔刻下的人生印迹
历历清晰，如一幅版画
从繁华落为枯寂，不过色相

你曾历尘世，遍居佛国
始终未能逃离孤独之境
一世为孤独世，一国乃孤独国
芒鞋青衫竹杖，一人是孤独行者

微信公众号“北京诗局”，2022 年 9 月 9 日

第二辑

母　亲

何向阳

那一夜我们围坐在一起
有人提议讲讲我们的母亲

一人沉吟：我是用土豆养大的
母亲捡拾的半筐土豆
夜以继日，我长成今天
而她的今天却和土豆埋在了一起

一人平静地诉说老房子的故事
窗棂的木框已经变形
四壁的白，简易的桌椅
沙发上坐着的母亲手里拿着一只苹果
脸庞苹果一样的光泽跟随了她多年

一人沙哑地开始，拿出一帧照片
“母亲留给我的，我无从一见的外公”
那天是他的忌日，她指着上面清俊的男子：
“这是你的外公，也许你应记住他”
“为了你今天的日子，他最爱的女儿曾经将他背叛”

一人始终不语，沉默的她想起童年
趴在窗台等候母亲身影的出现
她担心母亲某天会从街角突然消失
恐惧与祈祷交叠，她慢慢变成了一个孩子的母亲

那一夜我们坐在炉边，静守火焰

母亲也许来过，也许刚刚从我们对面起身

《长江文艺》2022 年第 10 期

年　龄

韩　东

他死于四十九岁。
四十九岁以前
我觉得在向他靠近
四十九岁以后，逐年远离。

另一个人死于七十九
如今我在向她靠近
靠近那颗老年的妇人的心。
甚至我的心也越来越女性化了。

他们是我双亲
葬在不同的石碑下面
两块碑紧挨在一起。
生前他俩相差一岁
但在死亡的永恒中
差了足有三十年。

此刻，风吹石头，却发出草木之声。
他们的儿子站在中间
就像他的大哥哥
另一个人的小弟弟。

《诗刊》2022 年 5 月号上半月刊

我：人物之一

雷平阳

写诗时我总想抹掉以前的风格，
但抹不干净。我努力地去成为另一个人，
但还是虚弱的这一个，并且无法还原。
我：虚构了自己所有故事的思想温度，
把真实分切成无法缝合的碎片，把假象凝固为白银。
为天空种上茶树，给星斗浇水。
无视烈火在马厩和墓园中点燃、失控，以及退隐于
宗教之后用烛火与柏香自焚的猎手。
——没有陷阱可以困住诞生于陷阱中的人。
伟大的文字也并非世界最终的善。
我：每天坐在家门口，
观看巨石和巨浪从街道上轰隆轰隆地滚过。

《诗刊》2022 年 2 月号下半月刊

网 兜

大 解

大地上道路交错而密集，
地球已经处在一个道路织成的网兜里。
倘若有大力士把它拎走，放到别处，
人类将面对新的时空、新的秩序。
这不是没有可能。
曾经有一个塑料袋，

飞到天空后不再回来，
也曾有一个丫头，飞到月亮上，
整天抱着一只兔子。
寂寞是次要的，关键是生存。
为了解救地球，
我曾在人所不知的夜晚，
砍断了一条小路，然后拔腿就跑。
由于速度太快，
我差点冲出自己的身体，成为他人。

《诗刊》2022年8月号上半月刊

切开一枚苹果

谷　禾

切开一枚苹果，我看见星星
——是否所有甜蜜事物的
内部，都蕴藏着一个浩瀚天空？
星星在苹果里，听见刀子
绕着它，一圈圈削着青色的光芒
而我们在黑暗里，听见雨
落在窗外，听见光
揉洗着窗帘，舌尖缠绞的嘤咛
像另一场雨，落上你的肌肤
我们交换着不同的嘴唇和手指
向焚烧的原野索要春天
野草跌宕，流水随黑暗涌动
在交互的寻找中，看见了自己
当我们停下来，那青色的光芒
继续生长——我确信它来自

爱的深处，一如针尖上的蜜
而窗外星空，正一浪高过一浪。

《上海文学》2022 年 6 月号

戏

张二棍

唱腔低回，念白高亢。那俏丽的小旦
原是独居的寡妇，而张牙舞爪的花脸
有个哑巴儿子……我年幼，尚不知
戏中之事与弦外之音，兀自穿梭在看客中
偶尔听得台上一声声杀伐，台下就一片惊恐
戏中一句句哭诉，人群就一阵凝噎
——已是曲终人散，还有一个入戏太深的人
一边走，一边恋恋回望着，空荡荡的戏台
仿佛那里，诞生过他的情人，死去了他的仇人
而那一个个戏子们，是他真假莫辨的替身
用婉转的悲欢、铿锵的离合
为他，将索然的一生，过得惊心动魄

《天涯》2022 年第 4 期

月亮照耀我们

玉　珍

月亮照耀我们
它总在不断地残缺，但都长回去了

我们热爱它永不堕落的姿态
非常宁静，与世无争
超越了全人类的稳重
月自己并不发亮
是什么穿过那距离将它孤独地照耀
然后它照耀我们
照到这寂静的地方
使夜色显得温柔
会有足够复杂的记忆赋予它格外不同的情感
就像你我之间的情感
使一片光圈坚持在时间里永生
而被你凝望的月亮才是别样的月亮
虽然已不是当时的月亮
在有情的双眼里它终于超越了形态
有情是月亮的灵魂
漫长距离中有多少事物在腐烂
而光芒将会长存

《长江文艺》2022 年第 8 期

小凉寺的钟声

刘　年

一个人，一根杵，一口钟，一个音，一个节奏
比一支交响乐队还震撼

钟声落到山外，变成了余晖
落到水上，变成了涟漪
落到树上，变成了白鹭，久久盘旋
钟声落进了赶路人的胸口

被他带进了县城，带上了高铁

晚上，他突然扳醒枕边的人，说了三个字
她全身一震

《雨花》2022 年第 3 期

爱过的身体空空荡荡

段若兮

——爱过的身体空空荡荡。而无爱的身体
充满生长的蛮力、愤怒、对抗的锯齿和火星
绝望、怀疑、对神灵的蔑视对精神和肉体的双重否定
以及……羞……耻

对流水光阴的漫长辜负呵

“……而爱过的身体空空荡荡
成为月光的灵柩”

《飞天》2022 年第 3 期

立春日：未完成的思考

马泽平

我觉得自己就要苏醒了
在北京寂静的夜空
像一颗星宿，像弦月或者花朵

独自完成
闭合到打开的生命历程
再慢慢还原为那些被封印的细节
我比昨日更敏感一些
哪怕是笛声中，涌动的潮汐
也能引我沉入辽阔海域
——仿佛我的故国一直都在那里
风声和浪花
轻柔地托起海鸥羽翅
忧伤转瞬即逝
仿佛这天地之间，没有一件物什显得多余
但欢愉究竟源自哪里
我已经接受过生活千百次地
洗礼。为什么
鼓膜还听不到，青草划破岩壁的颤音

《诗刊》2022 年 7 月号下半月刊

平静书

康　雪

倘若人生苦短，回忆时先想起
激烈地活过
激烈，不过是以一颗窄小之心
怀有无限

最后你要去看大海了
一颗露珠去看海之前，应该先收好
自己的波浪。

《山西文学》2022 年第 8 期

我看见时光在消失

林　莽

细长的　淡绿色的葡萄丝
缠绕在攀爬架上
我曾品尝过它轻微的酸涩
在电视的快镜头里
葡萄的叶芽一帧接一帧地迅速长大

时间既给予　但也无情

那片山地依旧是老样子
雾气升起　由枯槁长成新绿
再由苍绿转为金黄
一个男孩长出了胡须
一个女孩鼓起了乳房

那是五十年前的我们
在风中嬉戏　在山路上徜徉
而现在你们又在哪儿啊
那些我最亲近的人

雪在飘　落在竹叶上
慢慢地变白
雪在飘　我看见时光
在融雪中一点点地消亡

《安徽文学》2022 年第 9 期

生活就是日复一日的交换

一 度

从门缝里递过来小广告
递来灌好的煤气罐
外卖和快递
有时候，也递过来秋风里的剪刀
晚上的狗吠。

活着就是接受这些递过来的
生活。有时候，也要交还
将旧床垫和家具扔掉
昨晚读到的一首诗
今天就该扔掉。它改变不了我

还有些，成为其中一部分
每天晚上
楼下总飘过来一首歌
那是马路的一部分
邮轮在厨房的油雾里越来越远
那是我们绝望的一部分

《安徽文学》2022 年第 9 期

萨克斯

应文浩

11 月 14 日
晴朗的早晨——
入口在抬高

公园广场上
萨克斯手被围着
我被自带金光的音乐击中了

不像是生日月的一次潮汐
是每每如此
那种从忧郁中颤出的愉悦
令我迈不开步

是的，我的身体也如万物
有隐秘
被摸到了入口

《雨花》2022 年第 4 期

发　现

爱　松

你的眼光，落在
一块塌陷的骨骼上

落满尘垢的骨骼
已经，软化变异

你紧紧盯着它
像盯住，经久的往事

其中黑色的部分
如闪电的影子，戳疼了你

它安装着一个陷阱
在平滑处，等待

究竟，多少泪水和失眠
才糅合成，一个肿块

究竟，多少凝望和等待
才汇集成，这片星空

《滇池》2022 年第 7 期

顺其自然

田凌云

一个女人
太在意美貌就会忽略智慧
太在意智慧就会忽略美貌
但我依然，两样都想要

我爱美是因为知道
美貌易逝

爱智慧是因为
我有太多愚蠢的痛苦

贪婪是因为无欲无求
自闭是因为热爱生活

人生中众多不解的谜题
——其实很好解开

那就是不要解
任它绽放。任它凋零。
任它是它。任它不是它。

《山花》2022 年第 8 期

美人母亲

李　琦

母亲一生，被人夸奖美貌
我的同学，已经做了祖母
她见到我还说，小时候
你妈妈是我见过的最漂亮的人

我的妈妈，自己也深以为然
她心无城府，好几次，望着我
惋惜地吐露遗憾：你越长越像你祖母
相貌上，你真没有随我

好几次，我明说或者暗示
一位母亲，尤其已经年迈

真是没必要以相貌为荣
她不正面回答，却有过一次叹息
“哪有什么可引以为荣的事情啊”

晚年，当她患上认知障碍
记忆开始混乱，唯有美貌这件大事
依然重中之重。一次，一位兄长来访
他是名医，怎样吃药，怎样养生
兄长不厌其烦，向父母一一交代

他走后，我请母亲重复一下那些嘱托
她却茫茫然，沉浸在一种满足中
你听到了吧，他说，从小就知道
我是哈尔滨的一个美人

真是无语。我喝令这位大美人吃药
去拿水杯的时候，看到橱柜上的老照片
年轻的妈妈，颈项修长，望着远方
那是她深信的未来。她确实漂亮
眼睛清澈而有光芒，还有一种
现世已经稀缺的羞涩和纯净

《扬子江诗刊》2022 年第 4 期

蜂鸟鹰蛾

伽　蓝

黄昏。确切些，是在擦黑的时候
将白色葫芦花
举在葫芦架下，引诱

蜂鸟鹰蛾，探出长长的喙管
吸食花蜜时，猛地捏紧
花萼，像关上五扇大门

蜂鸟般强力迅速的翅膀
拼命扇动，挣扎，当你虚攥拳头
把它关于手掌
弯曲的手指模拟冷酷的
栅栏，就像攥着
天空之心

仍嫌不够。细线拴牢它的喙管
放飞这最小的风筝
高于头顶五十公分
再轻轻扽回来，直到它
精疲力竭
老实地趴在张开的手心

蜂鸟的体形，两只黑眼睛
孩子一样无辜
盯着你。盯着一块庞然大物
恐惧，这构成存在的元素
翕动着，让所有的时间战栗
变为昏迷和虚无

你一直这样干。一直练习
成为你不愿意是的东西
从小时候到现在
总是如愿以偿。高举手臂
保持着冻僵的姿势，像一座塑像
站在自己的深处

《扬子江诗刊》2022 年第 3 期

威尼斯船歌

张定浩

你练习弹奏这首曲子已经很久了。
我听到水面渐渐成形，摇曳波光，
并目睹歌声从这波光中挣扎而起。
当你手指在黑白琴键之间翻飞跳动，
我在想音乐是一种多么可怕的艺术，
一旦开始，它就要求一刻也不能停下来，
直至结束，就像我们的生命，
它从混沌中诞生，那些最先出现的声音
一一熄灭，又不断催生出新的声音，
即便在短暂的休止中，这音乐依旧
在继续，即便在这样轻柔的旋律中
每个消逝的音符依旧要求被挽留，
被新的和声裹挟着一同向前，它要求
所有被震荡过的琴弦都朝向
一个持续不断的现在，每个时刻都同样重要，
就像宇宙中可能拥有的对称性，
在音乐中，在此刻弹奏音乐的你身上，
我们能够轻易地体会
格特鲁德·斯泰因曾追求过的理想写作，
每一个句子都实现它自身的复杂，
同时也绵延成一个无法预见的整体。
你在弹奏，世界正年轻，
这首曲子才获得它的开端。

《大家》2022 年第 3 期

春风优渥

吴少东

现在可以看到较为完整的河流
大雪压断的枝干，年前清出了
两岸提供新的空白处

波浪比顺流疾走的人更快
比赶赴午宴的人更快
但春风比这些都快

在所有的自然现象中
我独认为中年似一阵春风
匆匆一过，万物催发
但那不是你的

但这又能如何呢
锃亮的皮鞋走在厚厚的地毯上
优渥而踏实
春风吹遍大地

《上海文学》2022 年 6 月号

空事情

葭苇

离开时，版纳正陷入漫长的雨季。
香烟盒空了。一缕烟连上另一缕，
好像是讲了讲沉默以外的事情。
睡前，和友人交换昨夜的梦境。
这孤独的集中营。雨林的版图，
是榕树用情网编织绞杀。
活下来的，只有几树鸟鸣。
雨水绕膝。因为爱，我无法
说出得体的言语。习惯于
掏出嘴唇这心爱的手枪，
用孩童讲故事的语气，
对着从未进入的美，杀了进去。

微信公众号“Reed Poetry”，2022 年 5 月 17 日

遥寄纳兰容若

赵汗青

14 岁——曾经，我也曾拥有这个，即使在大清朝
都可以做表妹的年纪。抚过书架，小妹的指尖
蹑手蹑脚，像提裙走过一座春溪上的桥
岸边，绿竹猗猗的表哥在书脊上
随风低头。他姓名清秀，朗诵起来
比佩环叮咚

纳兰容若，纳兰——容若。我已在舌尖沏好了茶
只等你，把香甜的字泡进去。四字小令
打开，就是一把江南纸伞，在酥油油的雨季
入口即化。一天天，你是我茶杯里的
少女时代。你佐餐，你伴读，你是
草长莺飞的马卡龙。每一次，我揭起书页
清香的心跳都像在揭你
乳白色的盖头

公子，和你一样
我也常梦进那多舛的回廊。空气中吹满
雾化的山桃，你执书，垂着头，犯困的时候
就和月色一样朦胧。侍坐久了
我已然在你的影子里长成了
一个熟练于赌书泼茶的晴雯。每一天的晨光
都在减损我，我要消瘦到红颜薄命
薄命成一纸书签，插足你的生死簿

推开雨，推开风，推开你对襟的衣橱
我看到，你多情的灵魂陈列其中
一尊尊多云转雪的冰裂纹。
早慧的眼泪，一滴滴
启蒙我的晚熟：做诗人，要守身如
玉楼宴罢醉和春。师从鸟鸣，与马蹄
牙牙学语不惊人死不休

生命离开你是如此自然。自然得
就像头发离开我。我挑灯望着你
回到天上，像羽毛回到翅膀。原来，
14 岁的世界比 4 岁的世界还要娇嫩。
因为你，因为你水果般的哀愁。夏日漶漫
我常以此解渴。吞咽时

卷舌的动作像在默念：
“纳兰容若。”

《诗刊》2022年1月号下半月刊

妈妈的字条

王　山

妈妈的字条让我很惆怅
那已是多年以前
妈妈的字条很琐碎
琐碎中包裹着长长的温暖
一直到今天
妈妈的字条很家常
皱褶里闪烁着岁月的光辉
有时
我想迷一次路
也许迷一次路就能见到妈妈
有时
我想喝一次酒
也许喝一次酒妈妈就会回来

《上海文学》2022年4月号

记忆练习

卢卫平

翻一本旧日历
看看那些做了各种标记的日子
画了圈圈的日子，打了钩钩的日子
涂成红色蓝色黄色黑色的日子
那些日子里做过的事现在还在做吗
那些日子里喜欢的人是否还喜欢
那些日子里恨过的人还有多恨
酒越陈越香，但旧日子会在记忆里翻新
我能很清晰想起为什么有几页
日历有深深的折痕
有几页日历在翻动时很容易粘在一起
那些课本里认识的伟大人物横空出世
的日子我再默念一遍
那些生活中遇见的小人物死于非命
的日子我再感叹一番
历史上的今天发生了什么
那些让世界的河流改道的日子
都在岁月的大海翻腾着不息的波涛
我没赶上这样的日子
我因无法去想象这样的日子而心如止水
一年三百六十五天
大多数的日子我都匆匆翻过
一年二十四节气
我只在秋分这个节气上画满泪滴
那是母亲的忌日

《草堂》2022 年第 4 卷

序诗（兼致友人、观众与读者）

周　瓒

若我是碰巧写下这首诗，
却想献给一个你、一群你们，
这份礼物是不是显得太轻巧？
是否代价必须与一番心意相称
才能宣告我对你们的爱有几分？
这里有一肌书，纸页摩挲掌肌，
你也可以理解为一剂书，意味着
它会是一服药，将治愈时下的郁悒？
这里有一晨房子，呼吁阳光与凝露
对于一触即发的雨和洪水，
怎期待几条新闻去铭记？那么诗呢？
亲爱的友人、观众与读者，我的一众对手，
他们说，面对灾难，诗歌是最后一间避难所；
“但应该是从身体内部生长的一所”，我说。

《诗刊》2022 年 3 月号上半月刊

因为在静园旁边交谈而想到的

李　琬

我默默打量着告别过的伙伴的面孔，
他们曾经天真的眼角
已经泛起皱纹。

这凝固了的生活，并不轻松：
毕竟，我见过一个女孩怎样变成松鼠，
从同类中消失；
几只喜鹊怎样偷听，把鳞叶
变成钢针，讨好假充威严的脊兽。

我也见过那些傲慢的、
终于互不理睬的争吵者
偷偷亲近着相同的书、相同的音乐。

我敲了敲门，但他们飞去了别处。
只剩下土里混乱、愚昧的根须，
没人愿意理睬。

一些熟悉的旧人物经过：
只有酒后才能开起玩笑的人，
心事重重的人，
一个在黄昏开阔的庭院里不断嘶叫的
不再年轻的学生——
他迟早化为深深的阴影，像被雨水冲刷的、
留在二十世纪初画家笔触里的昏黑颜色。

我们对彼此是怎样漠不关心地
度过了热烈的时光？
那翻动“全”或“无”的手，
再次拨开众多命运的浮土。

潮水越来越沉重，挤压着
不可拥抱的、防波石一般的人——
在荒唐、残酷的海岸边缘，这些散漫而坚固的合力。

《扬子江诗刊》2022 年第 2 期

老　友

李继豪

去年三月，在这老地方
我们曾分享过新鲜的一天。
说是新鲜，也不过是
随处走走，或者
站在天桥上发呆。
看起来有点儿像谈朋友，
但没那么用心。
很奇怪，那一次我们
毫不费力地
找到了一些共同点：
比方说，不喜欢南方的雨天，
看不上写诗的。
那天，一种渗透性的厌倦
把我们重新联结在一起。
很奇怪，时至今日，
我还在南方的雨天里
写我们看不上的诗。
而你在另一个南方，
已很久没有消息。

《扬子江诗刊》2022 年第 2 期

在破山寺禅院

柏　桦

夫天地者，万物之逆旅也；
光阴者，百代之过客也。
而浮生若梦，为欢几何？
——李白《春夜宴从弟桃花园序》

“我们是否真的生活过？”
我在破山寺禅院内独步、想着……
一阵凉风吹来，这轻于晨光的风
令我不寒而栗，我听到了什么？
杜鹃声歇、鱼儿落泪……瞧，
有人向西天的白鹤借来了羽毛……
昨天过了，最后一天是哪一天？

院内早已没有了我们的声音
唯有诵经声应答着流水声……
唯有一个高大的导师走过石桥
他看上去真的是一个有故事的人？
那后面的人又该怎样看我们？
“相貌好的人偶尔会展现最高的美。”
紫式部说过这句话吗？是的

那天，你黎明即起，身体如画
宿醉后，你的神态也是忘忧的
还记得昨夜那盏灯照得人生涩吗？
有个不祥的女人在山石旁望月
谶！屋角米缸盖子上压了一张纸

好像抄的是杨炼的一句朦胧诗

“我们是否真的生活过？”
我在破山寺禅院内独步、想着……
佛陀的兴起出于汉人高度的敏感性？
禅的独创性又使我们终于不同
我们更适合白药、藿香正气水、万金油。
那我们还有什么不能放下呢？
我决定按我的心意度过这无常的浮生。

《扬子江诗刊》2022 年第 2 期

纸飞机

黄　梵

它反复飞向远方，梦总是夭折
反复托举它的空气，总在它翅膀下叹气
它不甘心只做一张白纸
不甘心一直被人用笔尖在皮肤上文字

它要像古人那样登高，看清自己的命运——
为何没有写字的白纸，都留给人写誓言？
它要捡回鸟儿丢在空中的脚印
它要坠落时，也有鹰的优雅

它替很多孩子，长出了渴望的白翅膀
不经意，就飞得像一只白鸽
它飞翔时，从不愿看清世界
宁愿闯入马路，被汽车撞成重伤

有时，它也会失事，一头栽向河水
成全一个男孩数分钟的忧伤

《扬子江诗刊》2022 年第 1 期

诗　人

草　树

你看，在那间旧房子，老银匠
借着 15W 的灯光，敲打
小锤子发出有节奏的“咚咚”声
比起买主，他更关注银饰本身
它在一片窸窣声中闪光

离开书堆。去到深渊的边缘
你将一瞬间走完数个朝代的里程
给辉煌背面那黑暗
带去光亮：一盏马灯也罢
写吧，用心和信念
墓碑标定阴阳两界，心是无碍的
道路，比鸟的路径更神秘

曙色慢慢透过屋顶、树枝
蛋壳有了动静。它带来新语言
尽管看上去像一只雏鸟
叫得并没有什么不同
寂静舞台的演出
黑暗墙角情人的呢喃
柏油路裂缝钻出的春草

《扬子江诗刊》2022 年第 2 期

诗人之死

——给罗伯特·瓦尔泽

刘棉朵

他在精神病院吃了午饭
这是他二十多年
以一个精神病人的身份
吃的最后的午饭
然后他独自出门散步
沿着一条寂静的
只有少数人才会走的小路
走向十二月的阿尔卑斯山
走向阿尔卑斯山
要先穿过一座火车站
和一堆废墟
当他穿过废墟时
他发现了鹿的蹄印
走神时
身子一斜，诗人滑倒了
他尝了尝那些雪
以一个诗人的浪漫
仰面躺着
想起夏天，吃的樱桃
和甜瓜
它们在舌尖上留下的
幸福和甜
那是多久以前的事了
更多的雪从天空落下来
落到他的头上

脸上和身上
柔软洁白
让他想起女人的肌肤
或者天鹅的羽毛
死在柔软如天鹅毛的雪堆里
他是满足的
天黑下来，他听见有人
在轻轻呼唤他的名字
有人在亲吻他的脸
是那头他一直想寻找的鹿
携带着诗歌的空白之页前来
现在他不再感到
孤独、忧伤和恐惧
现在有那么多亲人
围着他，看着他
就好像他刚刚出生时一样
浑身洁白，发着光
人世间所有的苦难都远离了他
当他死时，他是作为
一个幸福的孩子死去的
是在天使的亲吻里死去的
雪在诗人身上
堆起一座洁白的坟墓
那是一些刚刚诞生，还没被说出的语言
那也是一个诗人最后的语言

《扬子江诗刊》2022 年第 3 期

有太多的存在被列为无足轻重

薛依依

屋内安静，外面传来各种声音

走廊里欸欸的脚步声
街道上不耐烦的喇叭声
还有教堂悠扬的钟声

我就这样听着
孤独的人，细数世间的回响
入侵的事物有：
十二个时辰、十二种声音、十二段记忆
它们敏捷而安静地从头顶飞过

可世间有多少存在会被认出？
——有太多的存在被列为无足轻重

《草堂》2022 年第 8 卷

对　称

——赠车前子，以谢赠画之谊

杜绿绿

去美术馆看展览，进去前
内心已有限定。展墙这次理当是
松绿色，与空间、展品、流动的人

形成平衡。我们一直被教育
规则就是美。
可有控制的破坏，也属于规则。
得承认行动的本质
——通往对称的必然途径。

去到山里，随意走走都可印证。
密林中心常有寸草不生之地，
桐花绽放出新的，树梢会落下另一朵。
走到山坳处的湖边，
往往看见水面游着两只野鸭。
这片湖水深不可测，
再往前行，遇见枯水塘
是预料中的事。往苇草最盛处丢块石头，
溅出泥水弄脏鞋袜，红袜上绣着的雪人多了黑鼻头。
在此之前，某一天你对镜描妆
将那黑，重笔画入瞳中。

每一桩事都有回应，
每一个人都有来历。

今日我们咽下去红糖馒头，
昨日或以后的某天我们会在田里
弯腰劳作。而那一刻的焦灼，将用半生
酿造蜂蜜来补偿。
甜蜜的幻觉在自然中，
缓缓生长的茎上
对生绿叶，叶片出现的凌乱脉络
细弱宣告着
不对称即对称的道理。我们为此时醒悟
感到美，
感到爱。

当然，同样的推算后
爱，对称爱，也对称不爱。
这不属于修辞，仅是测量的尺度
与能力问题。

《青年文学》2022 年第 9 期

叹者在我背后

叶延滨

说得好，不要追赶你的过去
尽管过去曾如万马奔腾
蹄声早已隐入草丛
草尖上新露辉映

今日有雨，昨日满天星光
灿烂的天穹布满故事
天在哭，逝者如斯夫
叹息在我背后

我知道他是谁
我就是不转过脸去
耳顺就是风雨声中听见
老天爷翻篇的声音

背后的路已经很长了
隐去的不仅有脚印
还有你的故事、疼痛和喜悦
没办法，前方很远

很远的前方
就是你的命运
命运早就不在脑后
命运把眼睛安在你的脸上

《星星·诗歌原创》2022 年第 8 期

三渔村

梁　平

能够看见鱼和鱼接吻，
能够看见三条鱼亲密无间地接吻，
能够把这个奇观斧凿在石头上，
从汉代延绵至今的水的秘密，
鱼，成为水之典。

鱼的记忆七秒，它们接吻的时间如此漫长。
健忘体质在非人类莫过于鱼，
忘记该忘记的，以瞬间的幸福，
换千年煎熬。

接吻的三条鱼，它们谁是谁的情敌，
看不出蛛丝马迹。七秒之前，
故事有没有顺理成章，
有没有结尾，石头上的记载已经模糊。

让它们和睦吧。身边流水没有声音，
水草的摇曳没有声音，石头桥上，
匆匆走过的岁月也没有声音，

如果你来，请保持安静。

《诗刊》2022 年 6 月号上半月刊

给母亲的诗

邵 丽

关于母亲
我总想说点什么
那年我第一次离家读大学
看着她远去的背影
我就这么想

一次又一次
她把自己的身体挪到我家
小心呼吸的样子
像一只蜻蜓

如果不是作为一个整体
母亲正一块一块地与我告别
她身体尚好的那些部分
也不能与我亲近

几十年来，对于这些
我不知道该怎么做
也不知道该怎么说
直到看着她
像一只掏干净的空口袋

《扬子江诗刊》2022 年第 4 期

无题·其二

林　白

四点钟起来
一轮明月

五点起来
一轮明月

六点起来
仍是这轮明月

它一夜平安
只是从窗的左边
移到了右边

多好的月亮啊
因某种意外
我看了你三次

《扬子江诗刊》2022 年第 4 期

任何喜欢

文　珍

任何喜欢都必须控制在安全阈值内。
像我这样容易沉湎的人

更擅长自毁
人怎么会需要那么多东西呢？
你不能够什么都要。
你把它们放在哪里呢？
当然也包括，过于强烈的情感

这个春天
所有糟糕的事发生了不止一遍
你还在写。
你写不下去。
任何其他喜欢都是假的
不写，等于加速度的死
但依然不能够
外面声音太多了。风灌进热气
你坐在这里，枯着眼睛

《扬子江诗刊》2022 年第 4 期

多余的缘分

葛水平

一坨牛粪包裹着一块石头
捡起时看见两个自然形成的字：
天山

此刻我在天山深处
一块多余的石头
凡多余的都是等待的缘分

怀疑自己

想笑的间歇走了一下神
等了很久
等待都不是错误

生活距离终点显得更近时
一定是因为等待

《扬子江诗刊》2022 年第 4 期

母 亲

焦 典

两个重叠的身体，门缝里用手捂住的眼睛
惊呼，轻微得像闯入者抖落的烟灰
茶色玻璃透过一团暧昧的月光
无形的想象之物覆盖我，给予轻柔的保护

绿色的一百四十四个方块，走出这扇门就是实在的生活
我穿着干净的灯芯绒外套，等待你所说的富足结局
在庞大闷热的夏天，所谓结束
不过是，麻将牌碰撞时的一声闷响

寻找归去的路径是徒劳的，一条睡眼惺忪的道路
即便保持双眼睁开，也没有桥能通过裂痕
脏衣服悬在空荡荡的衣柜里，长斑的狗，几个男女的汗渍
云南人，或者是个贵州人
水烟袋涌起一串暗号
桌子上放着天平与朋友，抽屉里，
手指测算收割的时机。家乡，
有时落在我们前面，这个人造的词语是片泥沼

笑声，我童年的另一结局
明亮的黄色水晶吊灯房间，长大后
那种没有疑问、含着太阳的房间

在城市公园或者河滨路，灼目的光刺痛双眼然后你
哭着钻进冒着黑烟的皮卡车，消失在白昼之间
你穿着喜爱的黑色裙子，画面如蒙太奇不断闪现
在车窗后面，你对我说：对不起
家是一辆出租车在午夜十二点的马路上
灰蓝的、橘黄的，离圆满一步之遥

多年以来，我所学习的，不过是仙人掌的刺向外生长
仅仅如此，我为你朗读药品说明的紧密文字
西面，太阳沉没的山顶上，浮着毛月亮

《诗刊》2022 年 3 月号下半月刊

中年的大海

干海兵

大海想心事的时候
铁就浮了上来
那些坚不可摧的海浪
锁住了所有小溪
溃退的道路

每一滴海水都该有
沉重的一面，看海的人
总陷在海的背影当中
那是少年的海、青年的海

中年的海干枯而
内心蓬勃

大海不会柔软无骨
像嶙峋的光阴开在
闪电一样的桅杆上
我们经历过的漩涡、风暴、呜咽
我们经历过的前途茫茫
都是一滴沉默的水
一滴燃烧的盐

《扬子江诗刊》2022 年第 5 期

男性的母亲

藏海英

我男性的母亲
在一件绿色老式雨衣下。
我认出他就是她
活着时她就在这件雨衣下。

想过死后她是植物的
动物的，或者仍是人类
一件物品也行
没想到是男性的
只要是母亲。

只要是母亲。
我男性的母亲
却并不看我

很快消失在细雨中
看上去是别人的父亲了
他不知道自己是我的母亲
我羡慕着那孩子。

《诗潮》2022 年第 8 期

阿尔茨海默病

——悼婶母

华　清

最初她只是变得有些迟钝，说自己老了
容易忘事，后来她渐渐沉默寡言
开始固执地重复一些话，做一些
无意义的动作。比如扫院子
从早一直扫到晚。有一天她忽然想起了
遥远的童年，她赤脚走过冬日的冰河
要回到她出生的村庄，去寻找那
已过世多年的爹娘，她坠入了记忆的泥潭
差点冻死于那冰河里，直到被路人捞起
从此她就忘记了一切，不再认识
她的儿子、女儿、孙儿、孙女
这中间有个依次渐变的顺序
最后，是她不再认识丈夫，我的叔父
变成了智力相当于两岁的孩子……
二〇二〇庚子年的最后一天，她死于全身
器官的衰竭，我的贫病一生的婶母
她的经历足以写一部长篇，不至感天动地
但足以让她的邻居和伙伴儿们哭泣
让一个深入中年的侄儿，有一番

说不出话的哽咽唏嘘……

《中国作家·文学版》2022 年第 8 期

第三幅自画像

张执浩

看一截旷野里的树桩
越看越像我愿意成为的某个人
造物主已经拿走了多余的部分
剩下的都是它应得的
灰蒙蒙的天空
雾到正午还没有散尽
我穿过大地上的羁绊
跌跌撞撞地来到树桩前
这时候我的面容已经模糊
消逝的五官彻底融入了
我对这片旷野的理解之中

《中国作家·文学版》2022 年第 6 期

为了生活总得走来走去

海　男

拖着影迹，在曳地的裙子下追逐着什么
她从早到晚，总在移动身影，在脚底下
清除多余的东西。夏天，草棵在疯狂地长
树枝在疯狂地长，物事物语却在疯狂地变化

这停不下来的脚，为了生活总得走来走去
倘若停下来，她也在修枝，脚步立于树阴
阳光下她脸上的色斑会突然变得亮堂起来
枝条落下，滑过脖颈。她避开了尖锐的锋芒
那些看上去尖酸刻薄的枝条总是被她伸手推开
像是在不经意间就推开了想俘虏她的男人
而总是有从空中落下的尘屑想钻进她的发丝
还有一只野蜂嗅着花香来，在某朵花冠上游离

变天了，她收回目光，合拢长长的剪刀
收回了在荒野浪迹天涯中看不到尽头的踪迹

《绿风》2022 年第 2 期

川北麻将——给 J 君

陆　健

我的朋友回四川过年
家就是母亲，年就是母亲

我不愿打扰他。我的羡慕是一个
没了母亲的人对一个有母亲
的人的羡慕

母亲劳累一年，只在今天
享受几小时的简单放松
一只骰子时而碰在牌阵上

行走江湖的刀，存放于剑阁
让它的锋芒休息。满腹经纶此刻

不过是手中的一张白板

母亲笑了，劳累了几乎一生的
母亲笑了。疼了儿子的心。母亲
赢了——愿意为儿子做任何事的母亲

是爱赢了。如果不是这样
人间早就输得干干净净

笑意照亮了夜晚
笑意使母亲回到年轻。她的日子里
有风，有雨，有踉跄的脚步

从无超出糊口之资的奢望
她的日子里有一只凤凰

《中国诗歌》2022 年第 2 期

所谓奇迹

周　鱼

甜蜜的时刻再次降临，
与年少时体会过的一样，
并不比那时更强烈，只要与那时一样就足够了。
有些能力并不是随着年纪的增长
变得更加丰厚，而是在你正值青春时，
它就抵达了顶点，它正是在那时
不为人知地纯熟如同金字塔。

这就是你一直以来想要保持的，从不要求

得到更多的快乐，而是只要
这快乐的质地还是如此简单，它所来自的地点
也还是原来的那个地方，它也还是原来建造的样子：
没有挪动哪一条石头，也没有修理哪一盏灯，
没有破败，也没有更加兴荣。

《星星·诗歌原创》2022 年第 2 期

兄　弟

高　兴

初次见面，
你就拍着我的肩膀
大声地招呼：兄弟！

我一愣，然后笑道：
是啊，诗人都该是兄弟。

在你热气腾腾的话语中，
我仿佛又回到了
上个世纪的童年。那时，
雨就是雨，风只吹来风，
一场电影就是一个节日。
那时，听从妈妈的吩咐，
无论见到谁，都要叫
叔叔或伯伯，阿姨或婶婶
爷爷或奶奶。那时，
我开心地想：
原来所有人都是我的亲戚，
所有亲戚

肯定都会给我带来糖果和玩具

《江南诗》2022 年第 2 期

过时的想象

巫　昂

去哪儿找一个新的你
一个你的副本
我无法想象
如果把你全都涂黑了
去哪儿找一个白的你
纯白的，荧光灯一样的你
雪山用剩的你
珠子一面又一面的反光中
投射的你
我无法想象
把你从你当中挖出来
借以获得温热、光洁如新的你
会无人机一样飞起
而又退后的你
那余下的你还是你吗？
我无法想象

《诗潮》2022 年第 5 期

写作动物

——给福瑞斯特·甘德[①]

蔡天新

你在上一封信里说到
加州的森林大火绵延不绝
尘埃落在田野和植物上
(不，复数应该指工厂)

落在小车和卡车的顶部
落在小小门廊的上方
(有门廊的房子令人羡慕)
落在心灵与时间的空隙

是的，当羚羊跑过草地
绕过一个长长的水池
留下了一连串的脚印
它们很快会被风吹干

如同诗人在键盘上敲击
有时缓慢有时急促
一行行文字跳跃在屏幕上
没有起点也没有终结

《诗刊》2022 年 1 月号上半月刊

① 福瑞斯特·甘德，美国诗人，普利策诗歌奖得主，近年曾多次访华。

借山而过

蒋一谈

除了看陌生人
我无事可做

我抬头看见云
借山而过：大疏大密之美

是这样的，一个人
隐在未知的年代才好

我无所事事
我想象有大事在身的人

我其实也有事：有位寡妇想与我
说说她未出嫁时过的光阴

作者今日头条号，2022 年 10 月 13 日

梦中流出的眼泪

余笑忠

当一棵树枝够着了另一棵树枝
春天就稳住了
当一颗葡萄挨着了另一颗葡萄
葡萄就成熟了

它们仍然是：你和我
但不同于青涩时的你和我
萧瑟时的你和我

在梦里
你听到有人如是说：
“来，我们挤挤睡吧。”
你的眼泪从梦中流了出来
像从乡下偷运到城里的活鸡
黎明前，伏在纸箱里低声叫唤

《长江文艺》2022 年第 7 期

冬日狂想曲

徐　晓

太多的激流暗中涌动。太多的记忆碎片
漫天纷飞。冬天张着干燥的大口
这缓慢又瞬息的挪移，划出纤细的光
一只落单的鸟茫然地飞过，留下一声哀泣
浮尘隐匿在欲望之唇上。更多事情
尚无显露半点端倪，唯有天空坦诚如一
我需要水——透明的水，无色的水
冲洗我内心豁开的裂口
我需要夜晚的节制与凝练。我受着
这世界遍布隐喻的伤。一切神秘而
不可言说，难以理解却不得不信服于它
我需要一些特别的时刻，恐惧和虚弱被压缩
渴念——对水的渴念包孕着巨大的狂喜
不再惊异于我时而高昂的头颅。悲剧被允许

我在你灼热而痛苦的灵魂上涂涂抹抹，而不被制止

《北京文学》2022 年第 7 期

物自体

朵　渔

事物能发光的感觉真好，虽然那是借自
太阳的光，当它发光，以便照亮周围的
事物，并让自身置身于一种可见的轮廓里
不要做一个贫乏的人，过于贫乏让人变得
弱小、虚无，以至于不存在。试着说出几个
发光的词，让词语从自己小小的胸腔里
迸发出来，以证明自己还活着，在呼吸
那些将自己活成一个黑洞的人，收敛
自身的光，并吸附周围所有的思想
骄傲而肤浅，像一个物自体。

《长江文艺》2022 年第 2 期

麻雀令

彭家洪

成群结队，飞行在童年阳光里的
小伙伴。篱笆间追逐，站在青翠枝头
笑谈阔论乡野趣事或者流言蜚语
偶有一两只，带着羞涩和胆怯

偷偷钻进我在空地上搭建的陷阱
它们不喊不叫，后悔而绝望地扑腾
而今我反复写到它们，就像它们
反复在我的梦中拍打着小小的翅膀

我俨然就是它们中最丑的一只
叽叽喳喳，目光短浅，胸无大志
从一个枝头、一个地方飞向另一个
把人生当作一场没有彩排的旅行

微信公众号“潜江诗群”，2022 年 2 月 15 日

春　日

袁永苹

我终日活在儿童中。
嘈杂如同不知去向的蜂群，
无目的，颓丧、单调的生机。
我是多么想念我的荒野，
野花团团簇拥着彼此，
树与树亲切地依赖
泥土里埋藏着深沉的意志
我要重新徜徉在那里
在迅疾的暴风雨刮下的日子里
多么快活地
告知我逝去的少年！

《湖南文学》2022 年第 10 期

滇牡丹

施施然

不同于平原曲径雕栏里的
闺秀。滇牡丹
根植在高原之巅
开阔的蓝天为背景
梁王山的红土和海拔
滋养她。清冽的空气中
芍药，玫瑰，月季，绣球
众花神簇拥她雍然伫立。比
宫里的皇后多了巾帼之气
比流落民间的侠女
又多了倾城的华贵
当你想要俯身，摘下一朵
她令人惊异的气度
暗含着拒绝
她是整个云南高原的精神
或灵魂。没有肉体
她就是思想本身

当夜幕无声地覆盖大地
她像白天一样醒着
没有睡眠

《作家》2022 年第 10 期

我 们

桜 予

（一）

你拍的月亮
我拍的月亮
塞进硬盘中
天生一对
臭美的时候
喊他们照一照

（二）

这么多年
以来
能够
和我们对话
并同频共振的
只有三个
两个
是
你和我
一个
是
彼此的
各一半

微信公众号“桜予”，2022 年 8 月 8 日

回忆已经太迟

代　薇

回忆已经太迟
所有与故乡有关的
记忆，都被拆除了
取而代之的
是眼前这座崭新而陌生的城市
我能说这不是故乡吗
它与那座消逝的故城
相去甚远
可是，倘若我说这就是故乡
就像用一个谎言证明另一个谎言
是真的

《诗刊》2022 年 9 月号上半月刊

中　秋

陈人杰

一年中最圆的月亮
又有一些人
被秋风拆散，变老
那不肯熄灭的
是固执的忧伤

谁唱起了故土的歌谣

其实我属于庞大的祖国
这山河，哪里不是家
多少年来，祖先如白驹过隙
我独用思念重复

幸福远，爱情高
从琐碎稻谷到青稞金黄
今夜，雪山走马
一缕月光是我们共同的语言

《西部》2022 年第 5 期

我脚下美丽的毯子正被抽走

戴潍娜

天，我脚下美丽的毯子正被抽走——

顾不上了，头顶摇晃的星空
泪盈盈的水晶吊灯，别了！
我扑向一件件家具，它们先于我在这世上摔倒

扶稳了，酩酊的白银漆柜
睡着奶奶钝锈的纺锤：
记忆正失去，分不清它曾纺出黄金编织的屋脊

顶住！铜丝螺钿的大座钟，
请效法爷爷坚持跑步——
时针一圈一圈，从黎明奔到日暮，
荒谬世纪里精准得不容置疑
关在里面的时间已败絮丛生。

写信的老友们一个不等一个挂到墙上

母亲像一件珐琅瓷瓶，华贵而脆弱
从名工坊的花几上坠落，我侥幸兜住——
在掐丝暗纹里第一次，摸到她粗掉的
扼死野心的纤手：
都是为了造出这室中江南！
从小到大，明治时代松鹤屏风挡住了穿堂风
屏中时节流转。今天的风，
从它骨头缝里吹出来

衰老，如小偷钻进檀木窗棂，
偷走了所有好天气。
就连牛骨制的古董钢琴，
在父亲退休后也奏起了暴脾气的雷阵雨
这些年，它一直闲置，安安静静，
在另一处演奏父亲年轻时还没做完的梦……
吹到我耳畔的春风无始终，我真愿用毕生的
枕边蜜语去换取——坐下来，多听上它几秒钟
是的，就窝在这把雕花衬梨绿的旧沙发里，
木扶手上有我养了七年的小狗淘气的爪痕
——我珍爱的伤痕

阳台上的莳花与窗外有异，
不同的爱浇灌出不同的花朵。
多想把青春一股脑赔给昨日世界，却架不住
脚下斑斓的羊毛地毯正被命运抽走——
多少人像我一样，
住在摇摇欲坠的房子里
每一天与衰老殊死搏斗
努力将家一件件抱紧

某刻起，我不再照镜。
鎏金镜框里是一幅狼狈的风景
画中人将灵魂赠予缪斯，
恳求她——将这番倒下的慢动作，
演成一出舒缓的天鹅湖；
缎带扎紧滴血的凳脚
餐桌永不熄灭
给每一位到访的客人斟满琉璃岁月

只有两次，我当真摔倒——在拿破仑三世的烈酒箱里；
救命！法国黑啤喝起来真像在嚼一块发酵的地板

《作品》2022 年第 6 期

回　忆

周园园

几乎是从夏天开始
我慢慢熟悉这里的每一条路
大的小的店铺，我有时骑车经过
絮状云悬挂在蓝色的半空
槐树与紫薇，开始茂盛，荼蘼的花
像你曾深情描述过的生活
你打手势讲着，但今天我回忆
全是你后来意兴阑珊的样子
我们终究还是分开了，那天的海水
像今天的蓝天，平静，没有波澜
遥远，不可触摸。

《草堂》2022 年第 10 卷

平安夜的早晨想起母亲

伊　沙

记得小时候
见人咳嗽不止时
母亲就会说：
“快把心咳出来了”
如今我年过半百
写作半生才知道
这种语言
深深地影响了我

《雨露风》2022 年第 6 期

从医院出来

熊　焱

从医院出来，我们往家走
细雨在下，几声鸟鸣
如盐粒融化于水。命运的风暴从未平息
人世一直充满悲音。我牵起妻子的手
用了一把力。她在人群中假装很平静
除了我，没人知道她刚刚失去了父亲

《诗刊》2022 年 8 月号上半月刊

垮掉的一切

金铃子

从垮掉的屋顶，她找到儿时
丢失的弹珠，玻璃的光泽
不曾变老。只是，它照着的不再是少年
那个头戴梧桐的人

她弯腰，蝎子草蜇了她一脸
又痛又痒。一个天蝎座的人
它们本来是同类
本来可以拥抱，谈谈
那些年失踪的人和事
他们和她们一去不返的理想
可是，这一切
与此时的肿、痒
比较起来，多么的空洞

《诗刊》2022 年 6 月号上半月刊

大学时代

于　坚

图书馆　动物园　旧货市场
大学时期我常去这些地方
有时也走下人行道　去街心花园
瘦而苍白　爱情时光　我以诗歌虚度

我站在通往菜市场的小路上与柏拉图辩论
我不喜欢他独身　但一直在模仿那些独身者
与女同学坐过一些下午　我游泳　在月光中
偶尔会遇到李教授　他的普通话相当流利
一直在避免别人识破他的方言　他独身
令我不寒而栗　我经常拎着一个黑色的塑料袋
里面装着大师的遗著　喝水的口缸
还有天热脱下的毛衣　鼓囊囊的
毕业那天　我走下长长的台阶
就像一个刽子手　刚对自己行完刑

《百花洲》2022 年第 1 期

江河万古流

张巧慧

嘉陵江没有犹豫，长江没有拒绝
把她清澈的半生交给他

在船头看风景，喝茶
说到李白，长江东逝水
说到苏轼，古月照今尘
多么好，在长江之上谈论诗歌
谈论那些永恒的东西
当他说到俗世中的那些忧虑
她用吻阻止了他

——让美保持在一个干净的高度
在滚滚波涛之上，在江心
明月、长江与诗歌，

还有循环播放的江河万古流

《作家》2022 年第 1 期

隐没的北斗

李啸洋

他又被夜晚所困。城市的光源
太亮，墙在空白的地方
涂抹别人的影子。
他去过先人的墓地，
火留下灰色墟烬，数不清的
荒草，碑文与洞。
他感到深，深
便是惑。但是
他相信记忆，相信年轻
相信月亮将降临昏聩夜晚，
万物都得到宽恕。

《延河》2022 年第 9 期

一直往南，就是北了

羽微微

鸟往北飞。我往南走。
一直走一直走，就见到大海了

往事往后，我往前。

一直走一直走，就见到你了

贝壳形如松子。高山深藏树影。

时间是循环的，一直往前，也是往后
地球上的路并不多，一直往南，就是北了

《作品》2022 年 4 期

六　月

江　汀

她的心脏，有一块是凉的。
仿佛我曾紧贴着感受过。
突然间梦境让我回到这里，
眼前的绿色，又变得明晰。

我忘记了全部的因果关系。
只有某种昏聩，让我迷恋。
仿佛这是那个恰当的季节，
凉风中，有一个幽暗的家园。

而我的心脏，悬在泥泞之上。
我并非带着喜悦在漫游。
我只能光着脚，继续前行，
仿佛这样拥有眼前的小径。

您并不自由，也并不真实。
梦中的泥泞，一笔一画地凝固。
我一时经过这片幽暗之地，

片刻的清醒，帮我写完这首诗。

《诗刊》2022年4月号上半月刊

凄　切

梁晓明

大事已经发生，蝉鸣断断
续续，讲着过去的热情
欢情短于寸金
你的叹息被秋风吹尽

只剩下两道眼光
看着湖水
无声。秋风
吹过
也各自领着皱纹归去

《星星·诗歌原创》2022年第3期

另一个自己

苏历铭

我活得卑微
心底隐藏众多悲喜
遇见任何一个人
首先想到的是使用敬语
让所有人拥有尊严

让自己彬彬有礼

我更多选择顺从于生命的无奈
只在夜深人静时
用清茶冲淡淤积的忧伤
我经常安慰自己：浩瀚的宇宙里
星球不过是一粒尘埃
最终都将烟消云散
难以替天行道
何须大动肝火

另一个我
从来都是目空一切
不食人间烟火，让我无法安心
做一个谦谦君子
我有多妥协，他就有多愤怒
我有多忍让，他就有多冒犯
寒江孤影，像是传说中的侠客
剑指所有不公平

有时我会迷惑
哪一个是真实的自己
需要不断辨识自己的身份
犹豫不决时，另一个我
就会露出不易察觉的轻蔑
然后一语不发
扬长而去

《草堂》2022 年第 2 卷

那些喜欢灵魂的

赵卫峰

和那些喜欢皮囊的
都是可爱的人，至少
并非坏人、敌人和罪人
客观而言，我的身前
你的身后，各自排着长长的队伍
自古，顺时针移步
接受日月的检阅，和结论：
肉眼看不见的灵魂
肉眼寄生的皮囊
是与身俱在的亲戚。客观而言
我也曾暗暗努力，原地踏步
以在天下保持中立。前不见行人
后不见来者的情况，终未出现
如墙头小草迟疑的时候却常有
灵魂是什么，皮囊是什么，如今
我只初步明了，悲欣可以交集
鱼与熊掌能否一锅煮？这答案
渔夫，猎手，厨师，食客
和你我一样，一直答不出来

《草堂》2022 年第 4 卷

山鲁佐德

育　邦

我们用瓷器建造祭坛
它恰好装满一千零一个夜晚

我们从博尔赫斯的梦中
盗来婴宁咯咯的笑声

我们随身携带移动的坟墓
用镰刀收割星辰，一个个梦境

面对镜子，我们自我催眠
迷途中，一场暴雨不期而至

集梦爱好者，从情人的骸骨中
复活最后的清晨，最后的爱

《花城》2022 年第 2 期

我爱上了……

晴朗李寒

我厌倦了光滑和细腻，厌倦了精致和完美。
我爱上了单一的事物，
和它们粗糙的部分，
我爱上了残缺，没有结局的故事，

爱上了棉布，笨拙的黑陶，露出草梗纹理的白纸。

我厌倦了繁复、重叠，厌倦了涂满油彩的
面孔，和多变的表情。
我爱上了缓慢的旅程，爱上了中途的阻隔，
而不是瞬间的抵达。我爱上了等待，
等待中的焦灼。

三十岁后，我爱上了喝水，水的本身，
没有茶叶，没有菊花、咖啡和砂糖，
我爱它斟满透明的玻璃杯，
清澈地注入我的身体——我爱上了
这具生命的容器，甚至它的破碎。

我爱上了蔬菜、水果、清淡的日子，
多少年没有用过味精了，我舌尖上的味蕾，
却一直绽放，品得出生活细微的变化。
我爱上了自然的光线、安静的天籁，
我的眼睛和心灵
对爱与美、疼与痛，
始终保持了婴儿般的敏感。

微信公众号“六十七度”，2022 年 7 月 1 日

一生的选择

秦立彦

就像一个孩子，
手里紧握着一枚金币，
他唯一的一枚。

而集市上摆着那么多物品，
他怕自己买错了，
怕明天会后悔。

我们握着自己唯一的生命，
想着应该把它掷向哪里，
就像是贫困的赌徒。
我们寻找，我们犹豫，
在这过程中，
我们的金币已经变小了。

其实值得做的事并没有那么多。
然而人们常常掷出自己，
换得一些赝品，换得泡沫。

《诗刊》2022 年 3 月号上半月刊

第三辑

尽　头

莫　言

我走到语言的尽头
听懂了鸟的鸣叫
我走到颜色的尽头
看清了花的本质
我走到生命的尽头梦见初生的婴儿
我走到爱的尽头
遇到了母亲

《上海文学》2022 年 1 月号

微型地窖

霍俊明

父亲老了
个子本来就不高
此刻越发矮小了
他已经没有力气
挖一个普通大小的地窖
家里也没有那么多的白菜和土豆了

菜园子越来越小
父亲在后院
趁着土层还不太板硬
他用右脚踩着铁锹

一点点插入
铲起的土又一次活了过来
多么熟悉这种亲切的土腥味
就如多年前
在乡村公路上奔跑
欢快地猛吸拖拉机和大卡车的柴油味

偶尔土中会有完整或断裂的蚯蚓
终于
父亲挖出了一个宽深各一米的微型地窖
他小心翼翼地将青萝卜摆放到里面
像是完成乡下的古老仪式
上面盖上一块木板
再铺上几层稻草
最后
他又在稻草四角压上石块
终于完工了

他挽起的裤脚边缘已经磨损
胶鞋上是半干半湿的土
借助铁锹的力量
黑暗的土从地层中被挖出来
堆积成了一座微型小山
薄弱的光线下
不久的将来
它们将重回黑暗中去

《山花》2022 年第 9 期

熬 冬

张 炜

每年都有一个不大不小
人人尝试的关口
它的名字叫“熬冬”
时间为两个月或更长
要看运气，要看北风
老人们更多地念叨
这两个字因不祥而有趣
年轻人衣衫单薄乱跑
最后也藏在屋里
“熬冬” 就此开始
杏花开的日子里
有人走出来，有人不能

《天涯》2022 年第 4 期

顶嚎凤仙花

李元胜

我来的时候，无尽的旷野
正缓慢涌向它

仿佛绵绵不绝的彩色火车
巨大的毯子下有无穷车轮

树林变成紫色，山丘带着斑点
在它幽深的花喉前依次消失

它是群山环绕的中心
矛盾的力量凭借它获得平衡

仿佛，所有事物来到这里
是为了验证同一个真理

如果这里没有河流，大地上就找不到河流
这里没有峭壁，大地上就找不到峭壁

像镜子，像立体的地图，凭借它
大地深处微弱的美，终于把我们照亮

如果，这里没有我们的爱
宇宙的其他角落中也不会再有

《诗刊》2022 年 4 月号上半月刊

深秋夜行

江　非

寒气越来越重
我和父亲拉着车
在路上走着
周围一片寂静
只有下坡时车轮的沙沙声
车后很远的地方
也有同样的沙沙声传来

我偶尔回过头去
想看看那是什么
并没有什么

是有什么东西总是在
跟着我们
就像天上的星光爱着我们

也许是降下寒雪
在一个离山东省很远的地方

《诗刊》2022年7月号上半月刊

在金沙江畔，听潘灵讲孙世祥

王单单

整个下午，他都在为我讲述
他的朋友，孙世祥——
一个英年早逝的小说家
年轻时写过水富县这条大江
“在金属的槽道里自如地飞翔”
他的回忆，像一条倒流的河
在大地上被揭起，露出了它的河床
动情处，他甚至要
摘下眼镜，擦掉泪水，才能拧干
一个人在命运深处暗藏的水分
有一瞬，我竟然走神了
把他口中的孙世祥，等同为
我身边的这条江，它在向家坝
被水电站拦腰折断了，一些远方的灯火

即源于此。正如孙世祥
被命运拦截在 32 岁
而他的《神史》，若干年后
还在我们中间，发出幽幽之光

《诗刊》2022 年 8 月号上半月刊

浇水记

沉　河

每次播种或栽上一株新苗后，浇水
便是这小小事情的完成仪式
水来自上天，被我接在一缸里
澄得很清。平时并不用它们灌溉
只在这样的下午，阳光温煦
新播下的种子需要它们的天然性
新栽下的花草需要它们定根
我郑重地打开缸盖，用一只旧碗
舀起，把它们轻轻地滴在
刚刚翻起的泥土里。这些水
被称为定根水。它们
顺着根茎流淌，填满
泥土中的空隙，并饱含着
生长的气息，让根紧紧地
依附在地里，找到根据
这些水，只是初次被浇灌的水
代表了以后须臾不可缺失的水
被我呼唤出来，在初春或初秋

《诗刊》2022 年 6 月号上半月刊

后地湾

郭晓琦

我去过一个叫后地湾的小村
我喜欢它
蓝透了的天空，和几朵悠闲的云朵

我喜欢它的早晨
那会儿，风还没有醒来
一个晶莹的女孩，停留在
绿色邮筒旁
她要将一份好心情寄到远方

一个害了心慌病的老人
佝偻着腰
沿翻修一新的街巷走了一圈
他想再看看，昨天留下的脚印

一个黑脸汉子，褡裢里揣着羊肉包子
水壶和酒
他要去更高处的马衔山
寻找一只走失的母羊

我确实去过一个叫后地湾的小村
那时候，我混在孩子们中间
追逐，奔跑和尖叫
我们的身体
是透明的。未起风的后地湾小村

也是透明的

《诗刊》2022年7月号上半月刊

南　山

阳　飏

南山，父母合葬之处
高过了低处这座城市的所有建筑
有那么一瞬，我感觉
父母的坟茔
大地的耳朵
听见，穿城而过的黄河
夹杂着儿子和他们说话的声音

《广州文艺》2022年第8期

梦里的母亲

牛庆国

从没听母亲说过普通话
即使在城里生活的那一年
她也说的是老家的土话
可在我的梦里
她居然学会了普通话
一定是为了问路的方便
一个不识字的农村老太太
才在家里悄悄学的

而且也一定学会了自己买车票
我知道母亲是个聪明人
要是当年姥爷让她念几年书
她一定是家乡的一个杰出人物
当然她也就不会遇见我的父亲
我告诉她　这几年我很想她
也很想我的父亲
我给他们写了一本书
她说她知道
我让母亲回去一定问父亲好
母亲笑了笑　答应了
说普通话的母亲　那么精神

《诗潮》2022 年第 10 期

暴　雪

阿　信

高原的中心：一座白石头宫殿。
那里一群饶舌的黑乌鸦在讨论外面的坏天气。
空气大面积塌陷。海水在大洋周边
喷吐泡沫。

林中的光线越来越昏暗。手稿散落。
木板嘎吱吱作响。
圈着大牲畜的畜棚，在不远处
轰然倒塌。

风卷起树叶、乌鸦、碎石、尖叫……
向天空的大漏斗倒灌：

一株巨型雪松
拔地而起。钢琴被一双手反复击打。

《诗刊》2022 年 2 月号上半月刊

老院子

包 苞

连日阴雨，盛开的樱花落了半院。

枝杈间，斑鸠正在孵卵。
打开门的一刻，斑鸠扑棱棱飞出，
撞在了西房的窗玻璃上，
樱花，就又簌簌落了下来。

已是暮春，院子里的野草尚未长起，
向阳的牡丹已经盛开。
没有人住，牡丹开得寂寞。

那年四月，我回到乡下，
病中的母亲坐在盛开的牡丹花旁，
告诉我，这牡丹的香好像并非人间所有……

恍惚已经十年，牡丹并未长大多少，
倒是樱花树，已经遮住了大半个院子的阳光。
这樱花是父亲手植，
那时，他和母亲都没有生病。

《湖南文学》2022 年第 7 期

一条河流陪着我走了一会

李满强

如果按人类的计算方法，资水
流到刘家湖，应该是它的中年
再往前走几步，它将淹没于洞庭湖
最后死于大海

这当初清澈见底的小溪流
已经变得浑浊，宽阔，包容
波澜不惊。即便是有成群的鸟儿
掠过水面，也无法激起丝毫波纹

但我深知，在这平静的表象之下
泥沙仍在聚集，石头还在翻动
深渊和歧路，并不能让她踌躇
停止前行的脚步

而我也是一个深陷中年的人
当我在资水岸边坐下来
我只是用自己的想法
去揣测一条河流的想法

当我起身，资水继续奔流
带着一种沉默而固执的力量
像是承认，又像是
一种断然的否定与拒绝

《星星·诗歌原创》2022 年第 1 期

桑科草原

赵 琳

桑科草原，雨中草地像一块湿巾
我骑着洛桑的马
和他追逐雪峰和太阳
我送给他一块小小的玛瑙石
给他的妻子打一块吊坠
这块来自尼泊尔的石头，和桑科的信仰一样

星辰正点燃草地，近处牦牛打鼾
时间消亡的夜晚，我们各饮大碗青稞酒
微醺中，我看到桑科深处
走出一个诵经的人
像矮矮的毡房移动在
雪山下空旷的草原

我试图接近，今晚的桑科真美
我误认为，洛桑就是
这个披着月光的人

《扬子江诗刊》2022 年第 1 期

秋日郊外

熊　曼

这里有一大片并不鲜艳的草地
它是真实的
人的脚步踩上去
能感受到绵软的质感
这里有静默的湖水
有水汽从湖面升起
有两个孩子在草地上
追逐着肥皂泡
简单的事物令他们快乐
那快乐曾被我们拥有又丢弃
有一棵高大的枫树
举着青黄相间的叶片在山顶
它是万千视线的焦点
但看上去有些孤独
除此之外，我的视线里别无他物
只有风吹过草尖
送来地底下的气息
地底下有什么
那气息如此神秘，荒凉，庞大
以至于没有事物可以绕过它们
人置身其中会忍不住
交叉双臂按捺住
轻轻战栗的肉体

《长江文艺》2022 年第 4 期

沼泽地

天　天

所有的沉陷都在证明它的存在，
树倒在自身的痛苦里，
木桥不再生长，灰蒙蒙一片。

在那儿，有断墙、腐叶、枯死的鸟，
孤舟用无数个长夜擦亮周遭的一切。

这些年，我，究竟用无知替代了什么？
一潭死水早就忘了痛饮的人，
可，这么久了，究竟是谁千里迢迢赶来，
只为贴着你黝黑的过往再痛哭一回。

《安徽文学》2022 年第 1 期

我们的白鹭

桑　子

它或许知道
——山河半途而废
石头带着暗红色的火
太阳给予万物强烈的暗示
全部的经验
连死亡都带着自我证明
旱季归于喜剧，树干摇晃

但无法从自己掌心逃出
枯萎仍是最大的危险

很长时间，夜吞噬了所有
一滴露水在花豹鼻尖
白鹭是一棵树一束光和一个梦
白色的羽毛忧郁而明亮
天空在大片灰烬中提及了死亡
蜜蜂螫起的地方长满了荆棘
白鹭的眼睛识得邪恶的咒文
我们跟随它进入阴沉沉的丛林
把太阳的骨灰撒在了头顶

《安徽文学》2022 年第 2 期

陶罐铺

梁书正

腌酸菜的陶罐和装骨灰的陶罐
放在同一个铺子
一双手，每天挑挑拣拣，送到不同的人手中

在那小小的县城，年轻的店主
总是沉默寡言，和一个罐子一样安静

众多打开的陶罐之中，有一只密封的陶罐
众多完好的陶罐之中，有一只
裂开缝隙的陶罐

在那小小的县城，往来的人群

总是沉默寡言，接过一个又一个一样的罐子

《安徽文学》2022 年第 3 期

草地时间

北　乔

如果没有这条河
这群羊，不可能亲吻到白云
不要说这是虚幻
远处的山，正缓缓走来
风在草尖上，寻找昨夜的足迹

梦，藏在叶子背后
那些沉默，开始感觉
词语的重量，以及声音的色彩
牛在咀嚼阳光，晾晒
无数碎片，走失的黑夜

谁在草地上翻滚
柔软的身影，海浪间的帆
那红色的风衣，是朝霞还是
夕阳向人间告别的手势，此刻
得到与失去，具有同样的意义

《牡丹》2022 年第 5 期

明月简史

卢　辉

说起它，莫非从秦朝就开始了
偏偏有人把天上的事
都说成了秦时明月，一道汉时关
养了几千年
这么一个孤独的物种

据说，秦砖怎么烧
月亮就怎么烧，那一束冰冷的光
一直烧到长城，烧到赤壁，有人真的
从焚书里边，找到了
儒生

说是被月亮养大的
要千里有千里，要长安有长安，自从
有了秋风，有了渭水
有了大漠，有了长烟
一人哭倒长城
万户照样捣衣

《福建文学》2022 年第 9 期

劈木头

孙方杰

可能是遇到了一枚钉子
一道很亮的火星，嗞的一声
从木头的深处划了出来
火红，明快，使我再次抡起的斧头
停在了半空

划过之后，甚至还没有
落到地上就熄灭了
这一闪而过的光亮，在明媚的阳光下
努力地闪出了一道我看得见的轨迹

这一瞬，我仿佛看到了自己的命理
如火星一般，炽热，迅疾
转眼即逝的世界，清晰还是模糊
都配得上生命这个主题
紧接着，我在心中默念了一声安息

此刻，天朗气清，碧空如洗

《诗潮》2022 年第 6 期

在果园里

亚　楠

那个午后我走进了果园
正是盛花期
蜂蝶用各自的方式
表达她们秉持
的爱意。但我觉得她们之间
也并非简单如此

她们在枝头上……闪烁
吸引更多的目光
返回童年。我听见花开的声音
轻拢，就像一只鸟
喜迎她的爱人

这时候，我内心的欢愉从
海平面升起
每一个人正如他之所见
似乎也只有影子
才是果园里那些蜂蝶忘不掉的
大众情人

《海燕》2022 年第 1 期

轮椅上的老人

李松山

他眯着眼坐在轮椅上。
破旧的半导体：豫剧。
刺啦的噪音回放着他的大半生
蝉鸣摩擦着桥下的流水
他在波光粼粼里回忆青春？
一只羊羔不听我的吆喝
向他的方向靠近，
我挪动着不太灵活的左脚，
夕光来回游移着，
树杈上的少年仍未归来①。

《诗刊》2022 年 7 月号上半月刊

布 谷

甫跃辉

布谷的叫声总是遥远。来自村里
说不清楚的哪棵开花的桃树，或背后山上
说不清楚的哪座坟头。坟头寂寂
桃花闹热，只隔着一声鸟啼
有人在布谷声里抬起头来
想起多年前的一句话，话音未落

① 出自量山诗《交谈》。

又在眼前漫漶了。烟雨总是连绵
从前尘旧事，到眼前之人
只隔着一日的黄昏。黄昏里有人
从村外扛着锄头归来，布谷一声一声
落在草帽上。废弃的水井荡开几圈波纹

《草堂》2022 年第 3 卷

南海日出

曹宇翔

躺在南海波涛上，一夜无梦
黎明时分我们隐隐听到太阳的声音
从东方传来，起身涌上邮轮甲板
轰隆隆一个遥远影子拱出海面
一点点地红，一点点地动

像一个壮汉坐在浪巅上歇息
我们凝神，几乎听到他粗重的呼吸
红霞已铺出锦绣大道，待一会儿
就要大步走上天空，照看丰饶之海
曙色群岛，渔歌驶过古老帆影

昨夜波涛幽暗，天边几点渔火
是渔民兄弟在水下劳作，礁盘的鱼
强光一照，一动不动。这多像
我童年故乡的乡亲连夜收割麦子
万物阒寂，天上月亮拎着马灯

红日升，照看祖先生息之海

脚下海水的深渊，游过浩荡鱼群
波浪起伏湛蓝旅途，我们雀跃欢呼
张开双臂，与南海日出一一合照
你将抱回晨曦，我将抱回涛声

《福建文学》2022 年第 4 期

大无奈

胡 亮

西山没有任何意图。一片刺槐却误入了
人类的意图；钉在地面的灌木丛
亦然；向白云致脱帽礼的几棵
罗汉松亦然；把松果当成乒乓球，探头
探脑，突然把球传给草地的红腹
松鼠亦然；不知被什么虫子蛀了，
从伤口沁出了磅礴树液的一棵
油樟，以及谦逊地喝饱了
树液的一只，
两只，
三只，或无数只枯叶蝶亦然。

《扬子江诗刊》2022 年第 2 期

雨中，私语

柳宗宣

黑瓦平房屋前五月草坪的绿托举你
在 1896 年那把木椅上
瞭望大崎山岭；院门前你和妻子
细语如雌雄鸟儿啁啾：如何
拍摄披满木香的门楣
花径缘客扫。蓬门为你打开
我就是你的卫八处士
院中垒砌的干石墙作为合影的
背景。什么时候再来，从它的背面
瞥见十六的月在山头树梢间浮现
需要邂逅。在工作室横木排列的屋顶下
Anton Webern 的钢琴小品
大提琴与钢琴交替中低吟奏鸣
你问那是谁的曲子；听不懂却沉浸
诗也一样，最后抵达感知无法理解的部分
从语词缝隙透泄的语调节奏或心气吐纳
腑脏的声韵。意思是不去追索的
你会在确定时丢失。意味不是意思
读者在写作时是不存在的不在考虑之中
母语用来融通；如山舍用来居住
布局的喜好，隐含在结构中的
文明的作用力。比如，陶潜让我盖了山房
黑川雅之隐形参与屋舍气场的营造
我坚持迎接你们上山。上山多歧路
山舍在高德导航搜寻不到的网格编程外
隐形。从感官记忆的道路方可打开院门

酒喝完了，以诗续之。八仙桌前吟诵
你体内的白鹭河流过屋前的草坪
从诗酒中消散；夏日的雨打响屋顶
池塘的白鹅消逝，为我们的会饮
做出牺牲。哪有石梯阶级的平等
月色消退山地沟壑崎岖裸露荒芜
池塘空寂。白鹅的幻影一闪
你们在阵阵山雨的边缘走远

《扬子江诗刊》2022 年第 2 期

水　杉

中　海

倒影才是河的食物，晚霞
磨亮河岸的碗，凌乱的鱼群
被塔尖上的光辉一再梳篦
光的催化剂加速河水的衰老

岸边不停地举行告别仪式
铺满落叶的小径，从水中起身
——此身段出自将来的塑造
这爱上落日的河水
此刻又如何吞下百万吨的倒影

倒影排成排，犬牙交错的排
剪不断的排。黄色击垮
返回途中的暮色
新生的枯枝变身此刻的问候
像伸向鱼群的传感器

用于接收低温的下沉之速

晚归之人被凉亭收集
逼近十八相送的缓慢唱词
收音机固定在旧频道上
却仍有当年婉转。那么多晚霞
被我们一再忽略

缓慢在扩散，涟漪的尽头
孤灯让一群人影提问
河水暗下去，暗下去
可供怀念的事物越来越少

《扬子江诗刊》2022 年第 2 期

草木间

李郁葱

请说出那些智慧，一岁一枯荣
时间和地域，植物学所呈现的符号：
耕耘，把干涸了的土地重新唤醒

凝视大地的人在微微战栗
收集这草木间的黑暗和光泽
我们的视野如此菲薄——

但不能狭窄，不能命名于
大地上的事物。它们一直都在
凋敝或者葳蕤，我们只是其中的一件

在相互的发现和挖掘中，这些
阅读者，嗅到植物的气息
所有卑微中回荡着经久不息的旋涡

犹如星空那崇高而旷远的秩序
离我们那么远，压着我们
就像风一阵一阵地吹，就像季节

转换：相似的面孔还会回来
带着我们熟悉的姿态和影子
播种和收成，或者在无所事事的远方

学习，学习那属于植物的声音
把根扎得深一点，传统
给予遗传的光晕，不动声色中的一生

这些长长短短的命运在分门别类
它们是我们驰骋中的钥匙
万物的智慧，请读懂一叶间的陡峭

《广州文艺》2022 年第 3 期

和布克赛尔小城以北

马　行

和布克赛尔小城以北
有一棵胡杨树

这么多年了，我在西部
总能看到一棵或几棵，北极星一样孤单的树

下午时分，我把勘探队的
蓝色卡车
停在了胡杨树下

二三十公里外，停着的一长列青黛色大山
火车一样
可能也会开走

《诗刊》2022 年 5 月号上半月刊

劈柴生火

人 邻

小区空地
有人劈柴，生火
这多么新鲜
新鲜得像是几十年前

我看见浓烟
从炉子里“呼呼”跑出来
成群的小野兽那样跑出来
带着它们燃烧的毛皮
和灰白的小爪子

我看见浓烟升起，弥漫
像是一群野兽跑过
野草勃勃
忽然就生满了大地

《扬子江诗刊》2022 年第 3 期

马在黑夜里的样子

庞　培

半夜，我起身
走向马在黑夜里的样子
我白天在森林里曾见过它
它使我的目光充满犹疑
让我的身体熠熠生辉

我不知道天黑以后，它去了哪里
如果马有记忆，它大概也会想
我去了哪里？
假如它半夜醒来
对周围感到莫名生疏

一匹马在黑夜里的样子
大抵就是人在世上的情形
就是我独自醒来，一动不动
周围是房间，是黑夜，风霜雨雪
高山草场似的一张床

我突然惊醒
像马抖擞着鬃毛，低下头啃啮
伸长雨雾中柔软的脖子
那马脖子仿佛会说话，在夜空对着银河
在旷野对着星星沉默

在我的眼瞳深处有马在黑暗中的样子
我们彼此无法看见，但紧挨着

我的身子在旷野僻静处打着
逶迤响鼻。马看不见我，而我
我一眼望见马儿消失在其中的那些群山

《扬子江诗刊》2022 年第 4 期

乡村章节

马占祥

土房里还有半个世纪前的味道：
羊群在山上写字。大雁在空中说话。
我的女人采集的马莲花和野葱花是食物，
辛辣的甜美，
也是上世纪的。晚归的路途会接受祝福，
从蜀葵到冰草的绿色茎秆，
幸福是河流一样激荡漫长的命题。
我的女人，在村口，手指挽着云朵，
她制造的人间烟火，满含着赞美，
语言外的文雅，
以及对于人间深深的偏爱。

《诗刊》2022 年 10 月号下半月刊

乌　鸦

郑小琼

光线反复修改它的影子——黑暗中的杰作
黑色琴盒的音响造就一座理想之城

月光：樱桃的歌声，铺展于田野
它奇妙的语调
一只乌鸫站在榆树枝上
高低错落的音符，在秋天的峡口
它们穿过光线，黑色精致的嗓音里
黄庭坚、瑶草、碧溪……它们轻盈地
穿过杉树林，在草地留下重坠感的影子
一只乌鸫，从草上走过，将我孤零零地
留在河边，没有词语描述它声音里的光
(变化的音量，我不知道那里饱含
生命的死亡，它的声音漫游在我童年的榆树
——那本我遗忘的《黄庭坚集》
乌鸫的鸣叫在无边际的田野与房子间)
我伸手掏出它曾经的声音——那束光
从我的耳朵穿过虚度的时光，与它的影子
重叠，像一道精美的算术题
我计算其中美妙之处——荨麻的下午
槐花的午后和母亲在黄昏时倾身投下的阴影
时光在反复地修改乌鸫的影子
我倾听它从记忆的门缝里塞进来的声音

《扬子江诗刊》2022 年第 5 期

氛　围

杨　键

一张 16 岁的祖母的照片，
有一种氛围。

一口大缸，

里面一粒米也没有，
但有一种氛围。

收割过的田野，
和将要收割的田野，
都有一种氛围。

我沉默下来。
看着落下的雨，变成年代久远的灰。

《诗刊》2022 年 6 月号上半月刊

红豆杉

谈雅丽

它结着晶莹的红果——
披满身翠碧，站在雪峰山的这棵红豆杉
凝结了满树的阳光
也凝结了雨雾云彩

当我站在树下，手轻轻抚摩枝叶，眺望白云
这是属于我的吗？这来自南国的相思树

鸟鸣落在树梢，昆虫在此搭建旷野
时间的针尖在舒展的叶脉上流动
新生和死亡
在我们经历的万千瞬间轮转

一棵异乡的红豆杉
在日月流岚中生长

叶片染绿了群山，根茎抓牢了大地
她结果的声音，开花的声音
岁月的羽纱褪尽青春的年华

她站在我身边——
是传说中的爱神，在向无限靠拢

《诗刊》2022 年 6 月号下半月刊

摩尔，或玛丽安

黍不语

是一只羊。
在江汉平原，东荆河边，
我曾在那里出生。
现在我将它养在那儿。
那儿有绵延的堤岸，
堤岸上青草肥美，野花像孩童的眼睛闪烁。
在一个美丽的拐弯处，
我为它修一座栅栏，栅栏上开一道门，
它因此拥有随时逃走的希望和通道。
每天太阳升起时，我也会将门打开，
夜晚时合上。
它毛发长长的时候，我为它小心修剪。
在冬天，大雪覆盖，
我为它送上一把一把干草。
它每天吃草，喝水，从一块堤坡到另一块堤坡，
不屈不挠地生长。
有时它会消失，好像去寻了什么。
有时它也会找我，近我身旁，冲我咩咩咩咩

叫几声。
而我始终不知其意。
每天每天，我照顾它，看着它，
直到宰杀的时刻来临。

《雷雨文学》2022 年夏季号

荒草间

祝立根

荒草摇曳，晚风中
有大悲伤，如果你也把自己当作一丛荒草
你就能听见，她们低头祈祷的蚊鸣声
如果你听得足够长久
身上也长出了湍急的秋风
你就会看见，她们祈祷的声音
像晚云的巨钟，在群山之巅被夕光一再照亮

《扬子江诗刊》2022 年第 5 期

葵　花

田　禾

今年不种芍药，种葵花
父亲把葵花种下去，拄着锄
他的等待比花期更漫长

善于吸收阳光

得到日精月华的滋养
葵花才开得如此金黄

我从父亲的葵花地走过
我的白色的确良衬衫
镀亮并嵌满了葵花

葵花是圆的，转盘一样
朝着太阳，慢慢旋转
转动着身体里隐形的齿轮

《十月》2022 年第 2 期

交 响

剑 男

森林中有无数件乐器。有流水、洞穴
有通天的闪电、彻地的暗泉
有开放的花、结籽的果
也有飞禽走兽和拔节的苗、生长的根
蛇爬上树干，众鸟停止鸣叫
像一曲单弦被风吹动。流水来到崖边
枯枝从头顶坠落，像一个人
到了命运紧锁的中途，一管洞箫从他
胸腔中伸出。从悲恸大响动
到细微深呼吸，我喜欢森林中这样的
磨合和练习：既不过分压抑
也不恣意放纵，就像
此刻山中，一群登上栎木光秃枝头的灰喜鹊

突然带给我花开满树的喜悦

《诗歌月刊》2022 年第 9 期

在乐山大佛对岸江边喝茶

龚学敏

旧时的舟楫，被坐在古嘉州中闲谈的鸟，
噙入云纹。
瓜子们按时令说话，从唐代，
到铁船的赑屃驮着的夕阳。

涌到弥勒脚下的水，船是她们
的泪，一茬一茬地抹，
直到白帆们成为运走的铁石，
心也凉了。

零乱的时间，是弥勒遗下的瓜子壳，
我被嗑在岸边，
随波不可，
立地也不行，由风吹成船上迎风的，
号子，沾不得雨水。

剪开江雾的鸥，牵引落在世间的
三声佛号：岷江、青衣江、大渡河。
人生不绝，
涛声不断，鸥只是飞。

直到坐成大佛的影子，
比江河先夜晚的，是我的念想。

弥勒不分黑白，
自己是自己的念想。

《红豆》2022 年第 2 期

雪豹，长江源

王自亮

我不能敲开冰块取出你
领回梦中的雪豹，天亮之前
我的手指僵直，无法伸展
睡莲的鼻息早已到达你的皮肤
最后一刻我感到生死茫茫
是容你擦身而过铸成的
轭下的玫瑰，火中的橡子
翻越千里仅仅为了见上一面
用干粮换取一生中的此刻
你诞生时的天空永远值得记取
铁铺里的汗滴纵身上墙
去浇灌树顶，打开囚牢
鸟飞来飞去看清一条河流
在中午的黑暗里，我的眼睛
最为澄澈，像挂在树上的双筒猎枪
你的奔突是一场艰辛的舞蹈
我再次只身上路，梦见
留在天空、纹丝不动的鸟儿
你把手掌像石头一样翻开
以天才的手法，作最后一次搏击

《诗刊》2022 年 7 月号上半月刊

自然课（节选）

哨　兵

2

我以诗探寻洪湖，并在泥水里
插栽语词，如植莲
种藕。暮春。凌晨一点
步入夜间荷塘边
最深的寂静，虫鸣
模仿人世的喧嚣，却把寂静
加重一分。要是天亮
你会惊诧几朵荷挂不住朝露
却早早地开了，如奇迹
其实大可不必。我在水边
半辈子，也没悟透
莲的一生，不懂寂静
如何让空气和虚无熟成莲花。世界
未知，小荷却露尖尖角，现实
早已破湖而出

3

待在孤岛真好。晚上不下雨
滩再浅，也能揽月藏星。抬眼打量
世界，洪湖在黑暗中早已重建
星空。总有归人踩着双脚船在星际间
漫游，无须半个时辰就能穿越银河
浩瀚和未知，却不过是日常尔尔

而白天一只鸭子被黄鼠狼咬断单腿
獐鸡躲在屋后芦苇，却彻夜啼鸣
如悲，似泣，又像安慰。至天微亮
我都捧着那两道伤口，它小小的眼中
满是镇定，却带着疑问。好奇
我生在湖中，为什么不长羽毛和翅翼

4

又一晚，月亮
漂在湖上，却照看屋后的稻田
荷塘和变暗的世界。夏夜的渔村
睡在莲花丛，却无人入梦
黎明前一直都这样，隔壁的牛
啃着我家门前的夜草，总忍不住
偷食秧苗。谁在今天糟蹋
现实，就有谁在明天失去将来

5

与雾相伴，这些日子，我倍感虚无
虚无最深时，我乐于
和洪湖入江口
探讨雾。但没有语词
可以打断流水，流水不是喧嚣
就是寂静。所以在人类里
我沉默，仿佛写诗
犯有原罪，值得我耗尽一场雾
宽恕诗。雾浓时
会有孤舟拴上岸，那是母亲
赶在天黑前送来一罐藕汤。与雾相伴

虚无是我的来历和粮食

《作家》2021 年第 11 期

枯木引

叶丽隽

书房内，卧琴两张
一为百年老杉，鹿角霜、生漆工艺
一为红木清水，纹理明晰

大漆之下，实为枯木
我则日日触抚，并深信，那松透的内里
蕴含有天地万物的声息

“老木寒泉，风声簌簌。”
梧桐、松杉、梓
败棺、老梁柱、榱桷，均可为料

我也深信：但凡良材，皆深藏源头
遇大风雪日
斫琴师独往山中，披蓑笠
入密林，听取那旷世的连绵幽绝之音

《诗潮》2022 年第 6 期

唐古拉山

单永珍

一股风跑到西藏
一股风吹到青海
还有一股，偏偏把我的心冰凉

但唐古拉山就在那里
南边西藏，北方青海
我知道，命在中间
不管是黑帐篷还是白帐篷
有我的羊群
我的马匹
为了一次洗礼，我不远万里
我只让跃马扬鞭的风
熄灭
一条罪身子

上山也罢
下山也罢

我光明的躯体里贯穿着先祖的锈啊

《诗歌月刊》2022 年第 4 期

致先人

李轻松

有一些先人我都见过，在我的高鼻梁中
小脚趾中、血型中、文艺细胞中
那一年，二爷烧掉了家谱，被火光吞噬的脸
一半阴一半阳。从此他便失了七分魂魄
被那堆灰埋葬，一天比一天憔悴、痴傻

我遗失在血脉中。向日葵被扭断头颅
野兽的脚爪悬于屋檐。我总是过度敏感
被众多先灵围困，找不到阴影的来源
在四点钟的凌晨扼住峡谷
那要冲破胸膛的姓氏、墙壁与血流

多么稀薄！我不知下辈从哪个字开始
才能追溯到一匹马、一条河、一阵歌哭
枝条痛断的清晨啪啪拍响尘灰
那嗒嗒的马蹄声从远及近，及槐树，及灵位
至于我是来自山东还是河北，我已无从得知
我对出生地已渐渐淡忘，对归属地又知之甚少

《草堂》2022 年第 2 卷

南方的甘蔗林

严 彬

他们在收甘蔗。

天很热，太阳照着成片的甘蔗林，
它们已经长了六年光景，收割了六次，
六次长出甘甜的茎，
供人们咀嚼，榨甘蔗汁。

风吹着甘蔗林，
甘蔗狭长而锋利的浅绿色叶子
彼此摩擦，摇曳着沙沙响。
那是甘蔗林才会有的响声，
比风吹动芦苇要锐利得多，
当你行走在秋天的甘蔗林中，
仿佛声音也会将人划破。

在我小的时候
用一尺多长的砍刀收割甘蔗。
寒露时节，我们在浏阳河边搭起
的甘蔗棚屋里看守甘蔗，
有时候要守上半个月，
直到甘蔗都由水路装船，运走，卖掉，
换成生活的银线和金钱，
剩下一块一块光秃秃的甘蔗地。

在那些丰收过的秋天的甘蔗地，
我们还能找到遗漏的甘蔗条，

没有收割干净的小甘蔗，
作为孩子们的馈赠，增添乐趣。

而它们已经成为记忆。

二十多年来，浏阳河边
再也没有人种植青皮甘蔗——
和广西与阿根廷的甘蔗——
它们是紫红色，更甜，更粗，更紧实，
一根甘蔗能重新生长五次——
和它们不同。

万物各有各的记忆。
生长和成熟也是记忆之一。

大风吹着从前的甘蔗林，
就那样引起我们怀念。

浏阳河边的甘蔗林和稻田
都已成为过去的记忆，
作为二十世纪南方乡村遗照
融化在我们这些南方人的记忆里。

我已经四十岁。

从清明，到秋分，
我见过有人再也没能回到南方。

《诗林》2022 年第 5 期

在乡下（节选）

刘　汀

3

三岁在乡下，冬日大雪
透过窗子，我看见
父母用竹扫帚，把雪扫成堆
推到大门外的土粪坑
乡村不需要融化后，多余的水
更没有谁玩雪，乡村也
没心思创造，一个随时会被狂风
或太阳消灭的人
等我们有了儿女，每一年
只要下雪，母亲都会兴冲冲地
堆一个雪人，用视频直播给
她的孙子孙女们看
——这是她一辈子唯一
需要雪变成人的时刻

4

四岁在乡下，叔叔把从屋檐
和树枝上掏来的麻雀
埋在火盆里，我和弟弟
围在旁边，馋得眼睛发亮
口水直流——羽毛烧焦的
煳味，等于世上最美味的食物
母亲做饭，我给她

烧火，灶膛里倒灌的
火苗，燎了眉毛和头发
我从未闻过，如此浓烈的
焦煳，不自觉地流下涎水
大张着嘴——
真想把自己
一口吞掉

5

五岁在乡下，那时没有
饮料，能喝的只有
水，和水的分身
比如，冬天的白雪
和玻璃窗上的冰凌
甚至是，三九天冰冻的
铁。它们帮我定义了
人生中的第一种甜
后来上大学，我尝过了
可乐、汽水，后来工作
喝得起橘子苹果葡萄
几十种不同的口味
却再也没有体验过
那种冰倒牙的
甜
那种把舌头扯掉
一层皮的
甜

《山花》2022 年第 7 期

借　宿

康承佳

我们去蔡甸借宿，风雪紧紧跟着
等我们的地铁穿越大半个武汉
大雪，终于浩浩荡荡地落了下来
落在树上、车上、我们的头顶
大雪里，有林冲上梁山，令狐冲的决斗
所有的故事在雪里都有一个好的去处
唯一不符合这个定理的，是宝玉拜别父亲
毕竟，也只有它是真实的
我们都有宝钗扑蝶，都有黛玉葬花
都有晴雯撕扇，最后，我们都从大观园出走
终究，是回不去的
宝玉的脚印，跟着迷路的我们

《长江文艺》2022 年第 8 期

家庭教育

芦苇岸

没牙的嘴。一场脑梗。母亲开口
就是一个牙牙学语的孩子
她一想说话，我就说晓得了
我们明天回去，到老屋基的土头
种荞。她点点头，看着我笑
这辈子母亲已把灵魂种到了地里

她抬手揩去眼角的泪水
要我听话，在她还能喊出我名字时
提醒我，像爱命根子一样爱大地
或许揣测我带她和父亲不易
吃饭时，她常常会蹲下身去
捡起漏下的饭粒，再长时间
揣在手心，像揣着一根断头的细针

《长江文艺》2022 年第 4 期

雪的补偿

第广龙

在西寺沟
一场雪可以被另一场雪覆盖
也可以只下一次
让往后的许多日子
都是雪天
总有柿子树上残留了柿子
失血般干瘪
落在地上的板栗壳都是空壳
踩上去扎脚
背阴的山坡和深沟
积雪在整个冬天都是毛皮
山里头的雪
天晴的日子被阳光灌注
都很耀眼
阳光和雪互为正反面
互为对方
阳光冻住了一样

雪地上的雪自带锋芒

《江河文学》2022年第3期

捡石头的人

姚　辉

那块石头至少喊了他三次

在雨中呼喊时　风烈
而他正想着江山之类的事
他想捡一些比较
重要的卵石　他未听到
那块石头的呼喊

石头不以为意
它　又喊了一次
他也好像听到了什么
他让天穹在山肩上颠簸了
一下　他并不知道
那嗡然回荡的
咕咚声　是一块
火一般的石头在喊他

石头
沉默了多久？

雪变得比时间深远
石头把梦境裹成雪的形状
石头伸伸脊梁

一抬头又看到了
顶着大雪前行的他

石头大喊一声

他一下接住了从积雪深处
蹦出的那块石头

他接住了在疾风中
燃烧过千百遍的
自己——

《山花》2022 年第 6 期

在高处

杨　康

只要有路，我就愿意往高处爬
一个周末开车数小时沿山路盘旋而上
我就想看看，摁住我命运的那只大手的模样

从高处往下看。依山而建的房屋那么小
土地那么小，人那么小
爱与恨也那么小

我忽然有点喜欢这个地方
贫穷，偏远，破落，但所有人都坚持热爱
他们能把一碗土豆丝吃出人间美味
在高处，望着苍岭。我的命运
被摁在了这条稀泥路上，至少三五年

我要留在，这生活的低处
小处

《猛犸象诗刊》2022 年 7 月

下雪了

张　烨

下雪了
住在我灵魂深处的雪
飞出来了
青苔上加雪，雪上加雪
伸手可触及我喜欢的绵白

神抖抖的树叶，盛开的花
总让我莫名忧伤
如今这光秃秃的枝丫
倒反让我心安
唯有冬天，唯有雪，能使我镇静
没有消息就是最好的消息
我看见冰层封冻下的绿意

步履轻松如雪花翩舞
看看天空，看看桥上都在做减法
空气带着雪的味道沙沙拂面

夜晚裹在雪做的房子里读读朋友的诗集
回想起一些愉悦的往事

《诗潮》2022 年第 11 期

叠石志

方　舟

我放过大海，大海就漂走了
我放过天空，天空就辽阔起来

但我不放过一块石头
我让它和我一起蹲着

它的血连着我的血
它体内的银是我命里的金

远处的事物在地平线之外生动
现在，你可以坐到我的肩上来

你看累了，我们就换一换
你要说话，我们就叫海水也过来听

《诗刊》2022 年 9 月号上半月刊

苦力马

张远伦

他有一匹低眉顺眼的小马
习惯了陡峭
和负重
和浪漫主义的马不同，它没有沃野千里

终身不懂“驰骋”
他也不是一个驾驭骏马的骑手，笨拙
不会纵步上鞍鞯
水草不丰沛，马料不充足
一匹受局限的，野性尽失的马
变得像是一匹逆来顺受的骡子
他牵着马
穿过小镇的主街
驮着黄泥坡上需要的水泥，踢踏走过
将漫步，走成了大跨步
用两只脚，引领着四只脚
“挣钱了啊!”“不，下苦力”
“马好!”“不，苦力马”
他也像那匹马，隐忍，知进退
用谦逊回复所有人
一匹马为主，一个人为仆
在山坡蜿蜒小路上艰难上行
卸下重物时，苦力马轻扬尾鬃
像从极限运动中
缓过气来，任由苦力人轻拍自己的背脊

《民族文学》2022 年第 6 期

塔

毛 子

历代的塔，都走了很远
才停在要来的地方
当停下，它身体中作为材料的部分
已溶解成善的胎身

我吃惊于如此朴素的收敛
仿佛在替这个臃肿的世界束身
现在，想要一座塔
留在建筑学的范畴，几无可能
因为一道目光，从它体内破空而出
我沐浴过这样的注视：宽广、慈悲、平和
带着它无边的接纳和永久的许可
护送着这娑婆世界
翻越自我的樊笼

《人民文学》2022 年第 2 期

种果树

江一苇

如果一生只能做一件事
我就去种一棵果树
不刻意限制它的高度，能长多高就长多高
不刻意授粉让它硕果累累，能结几个就结几个

至于那些花儿，想开的就让它开吧
不想开的，也随意

我不刻意追求田园牧歌的生活
我还不能将世间的一切看破

多年来我一直在等一个女孩
她有一颗玻璃心，她喜欢吃有虫洞的水果

《诗歌月刊》2022 年第 9 期

乡村教书匠

林典铇

小楷端正，散发墨香：
“如晤……”
院子里，老梨树的花
越显孤单，边开边落

小镇上，邮筒的绿漆在微雨中
发亮
村里唯一的教书匠
寄完信，慢慢往回走
途经一条小溪边
抽出随身的竹笛
笛声高过山头，和白云融在一起

小字越来越漂亮
我见过冬夜里，他哈着手
在研墨，又一次写信
至今仍然记得，油灯一豆
竖排的字迹中
有甜蜜又忧伤的味道

《诗刊》2022 年 2 月号下半月刊

高　岗

李　樯

我们双手抄在各自的风衣里
向那座高岗走去
周围的原野悄声警告
一个季节有一个季节的敌意
我们不会在乎这些
麦苗青青，飞鸟点缀天空
等我们站到高岗的最高处
你就能看见一排作为分界线的树木
在深秋的时光里
折叠出不同却漂亮的颜色
你就能看见如果镜头不断拉长
我们和高岗、原野一样
都是一个点，可以被无限放大
也可以被无限缩小，此时
我的哀伤
是那堆还没来得及入仓的谷物
被路过的鸟群啄食
农夫已去，鸟群越飞越远
很快挣脱出人们的视野
此时我们的双手
各自插在对方风衣的口袋里

《广州文艺》2022 年第 5 期

胡　杨

侯　马

你这从伤口流泪的悲情大师
以皱褶和皱裂美容的苦修大师
自断树冠的生存大师
携柳叶之童年杨树叶之中年
枫叶之晚年的风度大师
人们以为你晚年最美
其实你死后最美
你这孤独的乔木
远离众美的最美
你这不相信最后一次死亡的欢乐大师
在荒漠中萃取大海的芳香大师
衰老与死亡的审美大师

微信公众号“新世纪诗典”，2022 年 3 月 10 日

我想……

周所同

有一片菜畦，三垄两垄
也行，种上我喜欢的菜蔬
你看，人有时多么简单
一边松土，施肥，浇水
一边白菜萝卜就过了一天

我想养一只小鸟，黑的白的
都好，喂她米粒和清水
像给女儿梳辫子一样梳理羽毛
有时真想将女儿重新养一次
但她长大了，已不是一只小鸟

很想看一场露天电影
在打谷场上，或去邻村更好
几十里乡间山路，风一样
吹过去了，而等一场电影
像儿时等待过年，等待分到糖果
守着小小的甜蜜
又穷又苦的日子就被糖纸包着

偶尔也想等一封来信
不是 E-Mail，不是微博留言
是手写的，要贴上邮票
我多么熟悉迷恋这些候鸟
它们却飞走了，久违了
只留下愈远愈近或愈近愈远的羽毛

想对爱我和不喜欢我的人
说一声谢谢！谢谢今生有幸遇见你们
我是个毛病多优点少尚有良知的人
懂得受人一分好要不忘十分感恩
你看，一个尘土中的人身上落满尘土
尘土中，我向这个世界再次鞠躬

《诗刊》2022 年 6 月号上半月刊

腾格里沙漠

陈　亮

浩瀚无边的沙丘在远处与天交接
犹如大海
沙子很黄，很细，很干净
有人悄悄抓了一把放在了口袋里

有人飞快地跑上山丘的顶端呐喊
摆出了各种飞的姿势
如果不是有人拉着他
我怀疑他真能从这里飞起来

有人跪着，把额头抵在了沙上
在心中默念着什么
仿佛会从此得到什么能量
有人山丘上撒着欢打滚
我听到了她身上响动着隐形铁链

睁大眼睛，感觉这沙漠里的沙
还在继续增多，沙丘还在增高
“像个巨大的沙漏——”
想到这里，我的身体不由哆嗦了一下

小心地向四周观察再观察
这沙漏的边沿到底在哪里？
到底是谁在操纵着这个沙漏？
可腾格里除了空旷还是空旷

只有阳光用它怜爱的眼神看着我们

《胶东文学》2022 年第 2 期

所有的鸟鸣都是流浪的故乡

黄明山

鸟的叫法越来越有名堂
偷偷地叫
试探性地叫
成双成对地叫
一唱百家和地叫
东边风西边雨地叫
犹抱琵琶半遮面地叫
谱着曲儿变着调儿地叫
好像未加思索，还有点不慌不忙
仔细一听
绝对地出口成章

专找安静的小缝隙叫
一孔光
一片叶子
一泓高于星辰的虫语
一个行走在异域里的梦境
叫着叫着世界就大起来

所有的鸟鸣都是流浪的故乡
原本不这么叫的
故乡的杨树柳树槐树楝树那么多的树
一叫便叫成了故乡的模样

故乡是有根的呀
怎么三下五下就跑到了四面八方
也搞不清是流浪的故乡
还是故乡的流浪

《星火》2022 年第 3 期

秦岭早春记

程　川

快门声里，一只抵拢光圈的蜜蜂
诠释过低头济世的一瞬
像此刻，河是以往的事，专注于褶皱的金箔中
锤击内心的溶洞
再薄一点，拖沓的芽孢将飞戴在指节上
用来与春风交涉，用来酿酒，醉成某花姿势
文在水面，顾影自怜

继续凝望的事物无非在野之徒
无非万物给斜阳支起脚手架，饮者将春光种进杯底
无非一种美镂空另一种美
给留白让渡锋芒和棱角；无非草草急就的辞章
在纸上咳出风声，让犹疑的脚步
空旷处阴影了片刻

而擎举相机的我
如一枚满弦之箭，更深的迅疾里
藏满苍穹对我的忍让

《四川文学》2022 年第 6 期

安 详

李林芳

红瓦屋顶挨着青瓦屋顶，青石院墙
连着土打院墙，老树枝杈斜出
田畴安静，环绕着平原上的村庄
上苍舒展手指，一遍一遍梳理
清风有平滑的心绪，一遍一遍吹——
熨帖如涟漪
天空下，一圈圈向四周荡开
小小的村庄，将一群抱团取暖的人
轻轻拢在大地的手心
正午的阳光明亮，渡着她们，金光流淌
跳跃，猝不及防，荡进我的心里
破空而来，又呼啸远去
高铁，贴着时间的边缘
一条白色的鲸鱼掠过平原，只是轻轻触碰一下
一下子含住了
这个叫安详的词语

途中的村庄，她那么安详
车窗外，她一掠而过，微微的倾斜
她微微摇晃，悄悄扳正了大地的手掌

《北方文学》2022 年第 3 期

电

王士强

幼年的村庄是纯自然、原生态的
不通电，夜里是黑的
夏夜，屋里太热，睡到平房的房顶上
满天星斗，万籁齐鸣，细微的声响
二胡声若远若近，有时欢快，有时低沉

天黑了，点上油灯
煤油最好，有时也用花生油救急
有一次，你在油灯下写作业
打瞌睡，衬衫上烧了一个洞

村里有人买了一台黑白电视机
(他家马上成为全村的中心)
吃过晚饭后自带板凳去看电视
小伙伴们的盛大节日。目不转睛
村庄没通电，用电瓶作为电源
电量不足时电视会闪屏、黑屏
信号不好，经常出现雪花，需要转天线
或者调整电视的朝向，或者跺脚、拍手
电瓶是白天骑自行车去亲戚家充的
每天一个来回，白天充，晚上用
后来，看电视卖票，每人三分钱
人数见少，但依然络绎不绝
(也有了很多逃票的方法)

上级要给村里通电，组织村民架设电线

威望很高、见多识广的老村长大手一挥
我们不要
埋水泥棒子，架铁丝线，太费钱
过两年我们用木棒、葛藤架起来通电

周围的村夜里灯火通明，你们村仍黑灯瞎火
五年级时，村里通上了电
(老村长的木棒和葛藤最终没派上用场)
通电那天，放了一场电影，以作庆贺
(小学课文里的一课至今记忆犹新：
“有了电，真方便，电的用处说不完。”)
此后，点灯变成了开灯，蒲扇也换成了电扇
上初中时，你家买了一台十四英寸的黑白电视机
看了十多年

《天涯》2022 年第 4 期

入秋记

尤克利

买一袋苹果
放在屋里，让它们慢慢地释放体香
假装忘记了它们是用来吃的
假装自己不是出门在外
推拉外面的门
这些熟透的苹果，众多穿戴得体的姐妹
安静地守在一隅
营造出一种馥郁的氛围
我使劲翕动鼻翼，下意识地嗅着
满屋香甜充盈的气息，一时间觉得

即使是流落他乡，秋天也能赏赐给人们
心仪的美好

《特区文学诗》2022 年第 2 期

桂花树下

周瑟瑟

我在桂花树下
挖掘一口深井
慢慢冒出浑浊的泥水
我在井下挖了很久
父亲在上边叫我
我自顾自吭哧吭哧挖着
完全听不到父亲的喊叫
泉水喷涌而出的夜晚
我爬出了深井
桂花在月光下盛开
天空像一口巨大的深井
月亮渐渐变暗
旷世的爱散布大地
月亮在头顶移动
把父亲吸进了天空
我坐在井沿哭泣
泉水喷涌到脸上
像冰凉的刀子划破眼睛
桂花降落，天地合拢
在细碎的桂花中间
我眼睁睁看着父亲消失

《花城》2022 年第 5 期

九 月

蓝 野

三妹给二姐寄来了发夹
全家人围拢过来，摆弄了一阵
没能将发夹打开

九月，二姐就要出嫁
三妹在异乡的果园，不能回来
缓慢的邮政包裹，将发夹
送到家

没能打开的发夹，攥在新娘手里
被手心的汗水润亮了

我站在家门口迎来了五十马力的拖拉机
她跳下来，落地时手上自然地用了一点握力
那金属和塑料做成的发夹，咔的一声
弹开了。太阳明晃晃的
她的手里闪动着炫目的反光

《草堂》2022 年第 8 卷

大　树

赵之逵

在我生长的这片土地上，在我
去过的所有村子里，都有这样一棵树
年岁久远，高大盛密，像神一样
被世代村民，供养在村子里最显眼的地方
人们称之风水树，仿佛有了它
这一村的人，就能永世太平、幸福安康
它们有的是槐，有的是大叶榕
今天长在，我来扶贫的、小丫口老村口的
是一棵婆婆树。主树干的下部已被岁月掏空
人们做了个水泥桩，支撑着它下垂的身体
每天，村子里的老人小孩
都会来到大树下，嬉戏，打牌，静享时光
每年的吉辰，村民们就会
拿上鸡鸭鱼肉，来到树下祭拜
和其他，所有村子里资深的风水树一样
每一棵高大茂密的树
都有许多错综复杂的枝，和数不清的叶

《文学港》2022 年第 9 期

东张西望

尹 马

春风中端坐着好多笔直的树
以及树下的眼睛。我东张西望
看见姓余的、姓周的、姓孙的孩子们
从村东头开始，一路小跑
到学校里去

那么多肢体在春风中伸展
是我经常梦见的万物生
我在村里入户，在那些
姓余的、姓周的、姓孙的院子里
碰见很多留守的孩子

他们都有一个路上的名字，有
小户型的省份、折叠式的国道
有超薄的季节性震颤。在春天
只要他们张开臂膀
路上的鸟，就会挥动着翅膀
为他们拼写
一个美丽的远方

《人民文学》2022 年第 10 期

落日的合唱在地衣上滚过

池凌云

夜色静静进入岩石，开始演奏。
黑灌木的根部，闪烁黑色的油脂。
我再一次写下星星，退远的夜。
盲人眼里空荡荡的田野。

一些灯盏已熄灭。所有虚构的事物
也在一点点回去。而一块地衣
在悄然活动，穿过湿泥的荆棘，
丈量着变暗的荒地。

流动的，也得到了好泥浆。
经历过灰色的成长期，我本能地亲近
这低处生机的漫溢，一个又一个
落日的低语，这苍茫大地上金色的泳者，
一种合唱在地衣上滚过。

《星星·诗歌原创》2022 年第 8 期

一个声音

何泊云

果园里，苹果树上挂着的
一件驼色外套，一南一北地动着
第一行第八棵树上剪枝条的李忠泰

也动着。每一剪子下去
冷冰冰的山上，都会
传来喜鹊般的声音

我看到光秃秃的树上
什么也没有，他却说什么都有
他陶醉在有和无的界定中
大和小的预判中
哦，他在清晰和透明中忙碌着
像水和空气，不完全是
又能燃烧成幸福的火焰

《诗潮》2022 年第 8 期

那女孩的星空

杨碧薇

整夜，我们在萨热拉村的旷野中看星星
报幕的是金星，
为它做烤馕的是木星；
很快，银河挥洒开晶钻腰带，
北斗七星舀着新挤的阿富汗牛奶；
猎户和双鱼躲起了猫猫，
天琴座拨响巴朗孜库木。
另一个半球的南十字星耳朵尖，也听得痒痒的，
只好在赤道那头呼唤知音。
十岁的阿拉说："今晚我好开心。
等我长大了，能不能当个宇航员？"
——她瞳孔的荧屏上，一颗滑音般的流星
正穿过天空的琴弦。所有浑浊的事物

都在冷蓝的呼吸里沉淀。后来，
塔吉克人跳累了鹰舞，按亮小屋的彩灯。
魔幻世界倏然隐去，
而某种奇光，已在万星流萤时照进我们心底。

《诗刊》2022 年 3 月号上半月刊

光明的事物

邰　筐

一个因白内障失明十年的牧民
突然得到了光明，他干的第一件事
就是趴在草原上
一棵一棵地去数草
一只一只地去数羊
一头一头地去数牛
到了晚上，他又
一颗一颗地去数星星
他说有些东西揣在心里太久了
事物各有其所，要把它们
一一送回原来的地方

《诗刊》2022 年 9 月号上半月刊

盐　工

车延高

看海，才知道
被太阳暴晒的是盐工

盐是太阳的汗滴，从他们黝黑的脸颊上滚落
又一粒一粒从海底打捞起来

眼睛已经熬出盐
不哭，泪也会喊痛

盐工习惯了，把心里那片苦海藏着，不让人看见

脊背弓着
上面是一片沉重的天
被云彩缝补过无数次

《长江文艺》2022 年第 1 期

春　天

——赠安娜伊思

树　才

是的，眼下正是春天！樱花
拼命似的让自已饱满，爆炸……
大理风大，仿佛天空也会嫉妒

花瓣在飞，水面被染成血红色

樱花谷的溪水啊悲伤得流不动
是的，春天就是昨天和今天
命运的残酷啊你没有什么改变
只好哭你，唱你，花的春天

大叫一声！骷髅头不会醒来
你唱歌的姿态足以让声音迷醉
是的，春天就在眼前，你的
歌声要把花的悲和伤传遍人间

《天涯》2022 年第 4 期

启　示

罗振亚

雪花快不快乐
天空不知道
只要一登下云梯
即使旅途再漫长
罡风抽打得再猛烈
她的脚一旦伸出
便永不收回

飞入田野说不上兴奋
面对荆棘也不犹疑
落到哪儿哪儿就是家
不论太阳还是乌云值班
她都一如淑女和君子

本分而安静

一朵六角梅总是孱弱的
成片的白洁则令人心动
她从不掩饰或表白什么
当寒冷从指尖回撤
也许事物的本相
会惊到孩子们

《十月》2022 年第 4 期

黄　河

吕　约

从炳灵寺石窟回来，我们坐船经过刘家峡，
望着昏黄的流水，仿佛看到了石窟里那尊被流沙卷走的北魏佛像。
船忽然停了，船老大上岸去接他的孙子，退潮后的荒滩上，一个七八岁的孩子，
红鞋子，蓝书包，不声不响地等着。

孩子走了两步，矮了一截——陷进泥坑里。
我们着急，议论，泥中的一老一小不声不响。
河水有点不耐烦了——终于出来了，小人儿，
红鞋子变成两大坨黄泥直到膝盖，像泥做的小菩萨做到一半。
老头儿拿起船头的拖把，一点点擦掉孩子腿上脚上的泥，
将拖把放进河里洗干净，把黄泥还给黄河，像把岸上的孙子还给爷爷。

大河的黄脸上泛起一丝浅黄微笑，继续赶路。
刚才，它和我们一起停下来等着。
等的时候，它完全忘了不等的时候自己曾经犯下多少过错，

那些嘶喊、眼泪、诅咒和报复它都忘了。
此刻，它像八岁的男孩一样对自己深信不疑。

《扬子江诗刊》2022 年第 3 期

弹花匠

李寂荡

弹花匠、劁猪匠曾经都是我崇拜的对象
他们都是异乡人，很久才出现一回
真的是，不知他们从哪里来，要到哪里去
敲着当当，走村串寨，拖声拖气地吆喝
谁家请了他们，酒肉招待，犹如上宾

我家也请来了一位弹花匠
供奉祖先圣贤的堂屋成了他临时的车间
经年累月的灰暗在他的弹弓下
变成尘埃扬起又落下
一朵又一朵雪白的云被叠成方块
将覆盖着我们一个又一个漫长的黑夜

我趴在高高的门槛上观察
不放过他的动作的每一个细节
当弹花匠离开时，我已学会了他的手艺
每逢有亲友来串门，我便会徒手表演
弹棉花的过程
弹絮、压棉、铺线
然后大喝一声将弹好的棉絮献给要献给的人

我的声名不胫而走

大人们见了我都叫我弹花匠
我不知表演了多少场，弹了多少床棉絮
在寒冬时节，大家围着火塘烤火
我的表演总会给大家带来开怀大笑

当我大学毕业回乡
好些大人一眼认出我，便会
惊喜地叫我弹花匠
后来叫我弹花匠的人越来越少，直至没有
因为他们的头上已长出了青草

《中国作家·文学版》2022 年第 9 期

太湖散板

宗仁发

鼋头渚并不情愿
什么人都来吆五喝六
它有一湖水做拥趸
藏起来的东西多于给你看见的

风浪卷起三十年前的记忆
一辆上海牌轿车
载着年轻人对南方的好奇

秋天的樱树抖落掉蔫黄的叶子
在麻栎树果实成熟的季节
提前冬眠
待到明年早春
樱花将与今夜的烟花

同样绚烂

《十月》2022年第2期

郊　外

娜　夜

没有人
就是没有我想看见的人

蝴蝶　蜜蜂　蜻蜓都不认识他

松鼠放弃了一次跳跃
熟透的果实　内核是坚硬的

雪地上有三重阴影：我的　树的　寂静的

我失去听力的喜鹊
嘴巴闭得更紧了

——没有召唤　必须自我唤醒

《江南诗》2022年第4期

樱桃园

路　也

山谷里回响着一个声音：
我们熟了，来采摘吧
绿树林的引擎在微微颤动
大地是对的

樱桃园旁边有几排说外语的蜂箱
作为殷勤的媒人
授粉使命早已完成并见成效
蜜蜂是对的

两只喜鹊飞向樱桃园，惊愕之翅
扑打成黑白色闪电
啄起一粒粒玉珠，献给昂贵的五月
喜鹊是对的

南风一边吹拂一边写下分号
给山野划分了段落
用不确定来给红色或黄色的浆果把脉
南风是对的

整个逝去的青春时代就是一大片樱桃园
把所有爱情诗篇相乘
都不如一棵樱桃树教导得更多
当然，我也是对的

《诗潮》2022 年第 3 期

第四辑

金色手表

沈浩波

曾经有过一块手表
金色的手表
放在掌心
像一朵小小的向日葵

当我拥有它时
它是一块普通的手表
被我随意搁在某处

很多消失的事物
会在记忆中重现
呈现出当时没有注意
却是它
本来应该有的样子

大学毕业前夕
作为北师大文学社的社长
我最后一次
走进学校附近的
那家激光照排店

那两年我几乎每个月
都会去那里
给我们编辑的文学报
排版、出片

照排店很小
老板是个年轻女人
很多时候
她亲自动手排版
我坐在旁边看

我从来没有问过
她叫什么名字
那天我走的时候
她说我送你一个礼物

大概是对我
一直以来照顾她的生意
表示感谢吧
我没有多说什么
她也没有多说什么

但是我们之间
多出了一块手表
一块现在已经
消失了的手表

有一天我想起
这块金色的手表
想起她递给我时
脸上有种
看起来很随意的表情

就好像送出了一件
不值一提的东西
而我竟真的以为

它是不值一提的

《诗刊》2022 年 6 月号上半月刊

我心里已没有兵器

商 震

我在画兰草
心里想着
要画出君子的挺拔和飘逸

一丛草叶画完
发现画面上
竟是一柄柄刀剑

我赶紧把这张画撕碎
我刚过上几天安逸的生活
这些兵器怎么又跑出来了

《诗潮》2022 年第 3 期

绿色自行车

杨 克

用追忆打造一枚穿越时空的钥匙
对准历史的锁孔
把从前的世界放大数倍
一辆绿色自行车镀铬的轮子

飞快碾过1906年的胡同

身穿绿制服斜挎绿邮包的邮差
疾风般掠过京城
大街转眼也跟着绿了

时代的车轴装上曲柄
再用连杆把八方衔接起来
脚蹬堪比烈马的四蹄
现代交通工具与古代道路碰撞
清新的雨滴滑落紫禁城的飞檐

信使如同天使，扣响门环
同城的表妹，翘首盼来表白
家书在海上邮轮漂了仨月
地理的距离再短，心绪却如此绵长

在人力车、轿子、马车、毛驴之间
渐行渐远。一不小心
闯进运煤炭和山货的骆驼群里
车的铃铛和驼铃在前门外
混响交织一片

多年以后星河起舞
宇航员从空间站推开舱门
太空行走，他就是未来的邮递员
每一颗匆匆行星都一骑绝尘

《山花》2022年第3期

最先亮起的

冉 冉

最先亮起的是哪一盏灯，
随后才是第二盏，第三盏？
依次亮起来的前一百盏，
一定有着秘密的约定，
就像新年里秘密躺下的
前一百名有恙的人，雨
依次淋湿的一百座桥。

雾升腾起来，
逆流而上的船，
全都装满了白纸。
可以从头开始书写了——
一个人走进胡同，
他就是路灯，
坐进汽车，就是大灯，
登上轮船就是探照灯，
被浓雾遮蔽，就是无影灯……
他像落地的鹰那样蹒跚地走，
小心翼翼，将人类的秘密，
重叠进生命万物的秘密。

《诗歌月刊》2022 年第 5 期

虎年初一

师力斌

能让人悉数待在屋子里的
唯有习俗

路上无人，偶尔遇到从不打招呼
飞速的车辆呼啸

钢铁迈着虎步，在通州
麦地上空的飞机声震楼群

到处是山谷，到处有隐居之所
是否安静要看修炼

日发短信三百条，效率奇高
拜年的成效到底怎样？

没有回复的人过得如何？
春天不理我们，它正陪日光走在白杨树干上

《长江文艺》2022 年第 7 期

静　物

韩文戈

我被这些大大小小的静物
包围着，房间里只有墙上的时钟
在嘀嗒。纸和书整齐地叠放在
书桌一角，更多的文字排列在书架上
杯子里只有半杯安静的茶水
高山云雾茶采自遥远的南方
一对老瓷瓶蹲在墙角，那是我从岩村
背进城的，它们曾在乡下
陪伴我的父母，不是文物，是信物
父母早已谢世。三盆植物在客厅的窗下
似乎没有生长
下午的阳光覆盖着枝叶
沙发上，扔着我写的半首诗
我的衣服空空地挂在衣柜里
听不到它们的脉搏
几个小药瓶摆放在茶几上，白药片
躺在锡箔里，一个水晶球
折射着外边的风景
一簇干蒿草斜插进花篮里
我安静得无所事事。从前在乡下
有上百年的屋舍、沉默的土地
经年的山峰以及檐下闲置的农具
多么微小又多么难，我只想与
这些安静的事物在一起
当幽暗降临的那一刻，我听到了
自己的心跳，像墙上的时钟

不一会儿，秋风带着月光
照亮了我的脸，它像一个沉思的静物
在静物们中间，彼此凝视

《诗刊》2022 年 3 月号下半月刊

从丝瓜森林开来的卡车

沈　苇

从丝瓜森林开来的一辆破卡车
走过的八千里路，断断续续的尾巴
已纠结成一团乱麻般的瓜藤
风餐露宿的云和月，常常混迹其中

从丝瓜森林开来的一辆破卡车
在一盘蛋炒丝瓜里呜呜打滑，空转
出没于隧道和史前溶洞
也曾翻山越岭，顺着流沙、陡坡
咆哮着，冲进瀚海和蜃楼

从丝瓜森林开来的一辆破卡车
像只老甲鱼趴在我家门口喘息
它移来一小片森林，喇叭形花朵
吹嘘世上罕见的鹅黄色
四个泄气的轮胎，依旧保持着
一种静默的挣扎泥淖的冲刺力……

《广州文艺》2022 年第 2 期

你觉得能留住些什么

杨庆祥

前年你给我买的阿迪运动套装
今天我翻出来了，还没有拆封
依然很好看

我胖了 0.5 公斤，很惭愧，
最近吃得有点多，又学会了夜饮
对不起那么瘦的月亮和那么轻的小菠菜

有一堆东西可以寄给工友之家。
没有地址。外面天阴沉沉，我反复听
顾卫英唱《懒画眉》

还是告诉我土豆的做法吧
你觉得能留住些什么吗？
阿难已经走了。人间还这么苦。

《十月》2022 年第 4 期

博物馆之暮

陈先发

博物馆剔透的琥珀中
昆虫半睁着眼睛
某个早晨。她刚刚醒来

永恒的凝固忽然发生了

这大致是弱者楔入历史的唯一甬道。
连同醒来时，脸上还未散尽的空虚。
弱者的历史总是耐受而寂静的。
早上的露珠、羽毛
马桶
海风中起舞的脏衣服
在印度婆罗门教和波斯教熏陶下
的街巷，与宋朝其他州县迥然不同
晨钟暮鼓。刺桐花红……
这一切被錾入青石其义何在？
入暮的展厅内残碑断石如乱句
像一首诗把一闪念和
微弱的叹息凝固起来

博物馆和诗的本义是嘴唇触碰
嘴唇。说出来，才可以活下去——

琥珀中昆虫继续醒来，只是更为缓慢
而我依然可以透过玻璃
看着石雕的明月从
石雕的海面上升起来

《北京文学》2022 年第 3 期

三世西湖

西　渡

左手边一个西湖，右手边
另一个西湖，两个西湖之间
隔一个苏小小或者爱丽尔
抬头，第三个更轻的湖在天上

眼前的山水盛不下莺语燕啼
你牵手这一个，另一个就
倒竖柳眉，苏小小的调停
是半堤烟雨，爱丽尔的风穿过

断桥的藕孔会见一只黄鹂
两个西湖和解，你就是剩余
山水中多出的情种书生
浓词丽句无非借自她们的性情

三生石上，两个西湖执手看
隔世的镜中是旧相识
湖心亭的雪是心上雪，你艳羡
平凡如许仙，一生在柳荫中走过

《中国作家》2022 年第 7 期

气温骤降的夜晚

古 马

北地。一座急剧失温的人工湖上
烟水蒸腾
一双急于摆脱冰的围困的手
升入天空，抓取一把铜质的长勺

如果此时
雪月流霰
从湖心小岛传来野鸭“切切”的叫声
如烛火穿过黑暗的门廊
我们便能从深陷的噩梦中得到拯救

《扬子江诗刊》2022 年第 3 期

女孩与桃

刘傲夫

少年宫楼后的
桃花开了
女儿一跳完舞
就下楼
来到树下捡花
两位遛孩子的
中年妇女
情不自禁地

各折了一枝
女儿阻拦不住
哭了
她对着树说
“枝条都折完了
你们以后
怎么再开花啊”
满脸的泪水

这是发生在今春
的一件小事
如果我没记录
它就相当于没发生

《诗潮》2022 年第 8 期

关于爱的对峙

苏笑嫣

我们在房间里对峙，以整个屋子的死寂
死寂中压迫人的重量
使我们无法动弹。
几分钟后，她说：“我陪你到街上走走。”
墨黑的水泛着碧光，在行道树后假寐
如同我们一言不发。而她的步伐加快
昏黄的灯光使她的背影
像一只疲惫而生锈的铜壶
我们相隔遥远，在同一个沉默里。

我打量着周围的景观，恍似无所在意

她的面容提前着我的衰老
她现在占据的地方，二十年后我也将站立。
即使在外面，我们之间的空气
仍像一张绷紧的鼓面皮。
静默核实着我们，我们绿色的孤独
在衰弱的黑夜里。
爱是我们所承受的孤独的方式
接受一种爱，就要接受它的统治。
这不是什么新的发现
也不足够使我们惊骇。
黑暗芬芳着路程的微妙，当我们返回
它来自水面，来自街的端庄
来自等在那里的
蒙眬于睡意中的屋子。

《钟山》2022 年第 4 期

仰望

娜仁琪琪格

我站在这里　雨中久久地站在这里
就是为了看到这一刻　在浓厚的
压迫沉重的　铅灰色的积云中
明亮　撕开一个口子
露出微渺的蓝　浅淡的蓝
一丝丝光线的蓝

这是经过巨大的酝酿　忍耐　煎熬之后的
突围　突破　冲刺
如婴儿的诞生

这露出的光　是走出黑暗的灯盏
是照彻晦暝的希望　是巨大的涌动

是羊水的抚摸　微漾　一浪高过一浪地推动
终于　现出的天光

《鸭绿江》2022 年第 3 期

布　衣

徐　庶

一双布鞋被风扔到街上，成为
搅动人间的
一介布衣

水一程，山一程，风水轮转
布鞋走出很远很远
甚至，一不小心插足了
别人的生活。而别人，只习惯数人头
对它竟毫无察觉

主人尚在梦中，布鞋
已替他消费了半生光阴

可怕的是，它过着与之一样的生活
到底遗留下什么
想想，令人心悸

当那双鞋回来时
仿佛一个梦游的人，出现在

翻供现场

终被噩梦惊醒，主人，只剩下
战战兢兢的半生

《诗刊》2022 年 9 月号上半月刊

急转弯

华　楠

突然急转
速度特别快
如果不是这个弯
我都没发现我们活得这么快
原以为的轨迹
突然拐弯
迎面撞上来的人
好像要并入
又像要滑过
看不清楚
让我想起一些
越活越远的人

微信公众号“口红诗歌”，2022 年 7 月 27 日

雷峰塔

袁绍珊

雷峰塔是新的。建设即破坏。
坐电梯上去，隐隐作痛。
她说她懂。
所有民间故事都不讲道理。
水漫金山。山无棱。哭崩长城。
唯独青楼、牌坊、藏经塔，
永不坍塌。

轻佻的风敲起晚钟。

凭栏远眺，雾
淹没了断桥。顿觉安全。
白茫茫的无边，是邂逅的最好布景。
时间将偷偷挖走所有砖。

轰隆一声。
曾经在广州，一个人吃了一条蛇。
在杭州，又独个儿吃了蟹。
那天下午在西湖边，与黑衣人共喝一壶龙井。
一尾鱼带着醋意下沉。

轰隆一声。
每次去西湖都下雨，都没带伞，
都没遇上不该遇上的人。都一地鳞片。都狼狈。
花一千年修修补补，依然破碎。

白色。青色。道德也有灰色。
二人世界并不存在。

独坐一条船是违和的。
对胆小鬼动情是危险的。
露体可以。显露真身是罪恶的。
生活又端来一杯雄黄酒。他说无能为力。

万物不响一声。

没有英雄。
纠结即怂恿。
她说，她懂。

雷峰塔再倒掉也不稀奇。
但我更希望它不倒。
像嚣张乖戾的恨，
像苟延残喘的爱。

轰隆轰隆——

活该。

塔下有导游用扩音器说：
先动情的都活该。

《扬子江诗刊》2022 年第 3 期

酒的器皿

蒋　在

黑白相间的银
是大地无法举起的器皿
一滴酒
滞留的长短
藏在炙热的河里
落进我睁开
不愿闭上的双眼
车间中
一滴酒也带着分寸
黄色的沙土
像一个小孩
在春天里摔了一跤
留下了淤青

黑白相间的银
是大地无法举起的器皿
而后
谁又在大地的雨季上
跑赢了我
而后我回到宜宾
不远的村庄里
有伫立在草坪中央的梧桐树桩
那里
埋藏着我童年饲养的昆虫
白兔和仓鼠的坟墓

酿酒师
是一枚晒热的珍珠
是地上迅速蒸发的酒渍
借此
地窖剥开土壤
通往大地
喊声化解了树
化解了风
化解了
对酒精唤醒的敬重

蒋在博客，2022 年 9 月 19 日

玉林路

蓝格子

时间的距离正在不断缩减
从北京到成都
下雪的消息如此迅速传递
干燥矫枉过正以后成为潮湿
浓雾代替晴朗
我们必须适应这样的气候
从爽秋路到玉林路
我们来到区别于过去的街头
花椒、陈皮、砂糖柑
路边各色的摊位
力图展示出哲学之外的深意
一些被称为烟火气的景观
教我们学习平和、温良
做热爱生活的英雄

三轮车上，一束束淡黄色梅花
在热闹的集市里
显得冷静，却不违和
一路上，浏览过锋利的刀具、铸铁锅
当我们从玉林路的尽头折返
再次与之相逢
那些不再孤傲的梅花
我们并没有把它带回家

《诗刊》2022 年 3 月号下半月刊

树　叶

念小丫

这些树叶的未来
是否是一片通红，我不知
它们有没有未来？我不知
我喜欢它们
此时的形状和颜色

多数是墨绿，点缀几簇紫红，犹如一幅油画
在一个画家的脑海中
闪现过无数次构图
有种抽象又具体的美感

它们比帆船酒店低
我比它们低
站在低处领略这种时光
是一种倒置的幸运

《文学港》2022 年第 4 期

上海记

陆辉艳

印满枫叶的街道，湿漉漉的
陌生的静安区。延长路。
高大的枫树，它们密集的枝丫规划着天空
门窗紧闭的店铺，没有一双
适合我的鞋子。我拖着行李箱
穿过地铁站，听见轮子的“咕噜”声和雨声
混在一起，并没有特别的意义
也从未有某个特别的人出现在这里
我只记住了那个傍晚
那从玻璃门后透出的暖黄色灯光
和空中不安的交织的雨线
像某种命运附加在我的一生中

《扬子江诗刊》2022 年第 1 期

过宜兴

林苑中

良田万顷，碎银一地。
在很久前就闻名于世，
甚至早于典籍。
有鲜衣良人，有酒持续入壶，
古代的靓马并不惊叫，
就有了生命热情的浆液，

在多情的桥头，
在通俗的河畔。

一直在想，去这座城，
见那个谁？
尽情把盏，或许
在春天扑面时唱上一段？

虽飞驰如电，绿野静默成谜。
这其实是时间的胜利，
一切的，只是衣裳翻新，
你我都是语调相仿的古人。

《扬子江诗刊》2022 年第 2 期

美食家

马　拉

我们还没有去过山顶吃牡蛎
(牡蛎，我故意用了这个词
而不是你更熟悉的生蚝
你喜欢鲜美的汁水，据说墨西哥湾的生蚝
有美妙的铁锈味儿。)
山顶的房子早就锈了，为了蓝色的云影
青草拼命生长，壮阔如鲸鱼
我想起一个问题
为何海鱼身上没有咸味
它们喝着盐水却不会死？
抹香鲸游过大西洋底的山脊，它从海底
捕食它需要的淡水——它的鱼

让我们把烤炉支起来，你爱他就吃块肉
问题稍后再回答。不得不说
没有在更年轻时遇到你，可能更幸运
眼睛和眉毛会衰老，头脑却一直在发育
它不会老，也没有成熟的那一天
有福的人拥有恰到好处的年份

《扬子江诗刊》2022 年第 2 期

鲈鱼在春风里

白　玛

念头很普通：清蒸鲈鱼。去临海鱼市
挑出两条刚死不久的
任由卖鱼的皮围裙男子分割出内脏和鳞
和未知的鲈鱼去向
春风四逃，行人不见腰肢
“啊，掌柜的，请你帮我剪掉这鱼的翅膀”
她说完，耳畔惊涛拍岸，海与天齐
鲈鱼游荡在万米春风里

《扬子江诗刊》2022 年第 2 期

宾夕法尼亚煤镇

朱　朱

是乌云移走，
山冈的鹿群顿住脚步，

瞳孔像从岩画复活。

是被镀亮的门楣，
宣告大楼里
停战协议又一次被遵守。

是海面以下五百米，
被锯的缝仍在黑暗中残留。

是何等忘我的追随
让影子从不腐烂。

当耙草的男人抬起了头，是
他感觉自己积满煤灰的手
才探出矿井——

而太阳从不关心它照耀了什么。

《扬子江诗刊》2022 年第 3 期

回旋曲

冯　娜

我们怎样和过去的人交谈？
又一个春天，鼠曲草发出嫩芽
它的花是一种接近睡眠的暖黄色
睡眠让人练习与记忆和解
抽出一朵花或一片花，在睡梦中并无太大区别
而描述是艰难的，尤其当人们意识到在海上漂流
为了返航，要克服巨浪导致的晕船

过去的人怎样和我们交谈？
重新开始的季节都要付出加倍的忍耐
蛇蜕下皮肤，不干净的鳞片呵
也要尽力铺展

偶尔，我们会做一些平日里想不起的事
动身去一个陌生之地或学习一门冷僻的手艺
寄望我们的儿女成人不用模仿我们
即使我们知道希望渺茫：
如果人们还爱着过去，就永远学不会和它交谈

《广州文艺》2022 年第 1 期

火地岛

蓝 蓝

德雷克海峡，寒冷的海水
冲刷安第斯山脚，白色的雪峰
被天空压低了五米。机动船
拖着雪白的浪，犁开南极冰原流过来的
深蓝。企鹅们簇拥在礁石上，发出喊叫
提醒世界已经快要到了尽头。
一个大胡子男人用力拖着粗大的缆绳
走向甲板。一个英俊的士兵捧着恋人的脸
深深地亲吻。船舷冰凉，水花溅起在手背
从远处看，火地岛像南美大陆的一滴泪
从它绿色的脸颊滴落。

《广州文艺》2022 年第 3 期

雪 饮

陈巨飞

友人从杭州寄来花雕，也打算
寄来湖心亭的残雪。
而雪的独特性在于它的虚构，
这一切，让微醺的雪
成为事实。视频中，我们频频举杯，
室外的天空，还有雪的碎片。

原谅中年的徒劳，就像原谅
一个雪人在雪霁后融化。
原谅雪人的臃肿、虚伪、不堪一击，
就像原谅自己——
可我们仍是透明的、锋利的冰块，
生活的炭火在炙烤我们。

雪从不为自己辩护，并为河堤
修复了伤口。那里曾有一棵乌桕树，
入冬时卖给了树贩子。
件件旧事，多少故人，只有
雪是新的。“雪花上千次落向一切大街”，
哪一朵，藏有我们经年的疼痛？

《广州文艺》2022 年第 11 期

美人鱼

梁智强

远走的理由捕不到，闪烁的伤疤
更捕不到。美人鱼是一首古老
而深邃的童谣，她的腹部被浮尘盘踞
这大海的女儿，扬起冰雕似的鱼尾
在波澜的宫殿里翩翩起舞
那湛蓝的布景，已为她如潜艇的爱
揭开包裹血色碎片的内核
偶尔也有空灵的海鸥奔走相告：
谁熄灭或敲打黯淡的命运之灯？
王子、宫娥，抑或噩梦中的至亲？

《诗歌月刊》2022 年第 3 期

游泳馆闭馆

箴　维

为免于成为一个制冰模具
水放空了自己
他从未如此空过以至
夜夜都梦见大海

他没有呼吸
却能自学闭气
西伯利亚的寒流杀到池边

也只能
用暖气做鼻孔

他一生都模仿大海
人流涌向他
如同百川
奔向一座徒有肉身的大墓

水落一次
他就得死一回
明矾是骨灰
要撒向他的来世
月光是另一处苔痕

《十月》2022 年第 3 期

晚 樱

敬丹樱

总是要谢幕的
那些无人收集的艳骨总是要堆满沟渠的

想着曾陪伴我最好的七日
想到来年，还会陪伴我更好的七日

想着那千朵万朵
被仰望的词：没有经历起承转合
就簇拥着，汹涌着，撞开了春天的门

那漫无边际的等待和怀念

仍是美好物事

《星火》2022 年第 5 期

出生地

李自国

在一万座山间
来来回回走动的，是他的
出生地，是群山一样耸动着的心
一切的一，皆已命定
皆已被沱江嘴里说出的絮语布施

而隔世的胎心音，在潮红的
蜀南，一间厢房能包容天下母亲的
全部骨血，用她双眼的《诗经》点亮河灯

有多少时光乱箭，穿梭这一刻
有多少颗心凝聚成父亲脸庞的暮景
赤婴的天性，混沌沌兮，若婴儿之未孩
一阵阵呕吐，吐出人间未曾超度过的
恶心，天地晕眩，世事不过是也
不过大梦一场后，换来金猪拱门的孝心

当命运的缝纫机，用鸟鸣和犬吠
缝补着故土离散的乡音，雷在灵魂里
滚动，川南丘陵的秋风送来咒语
赐予幸福，母子对泣，护佑安生
难得啊，他免于一劫
黎明撕开夜的口子，岁月与大地

除了孤星照亮前程，除了家书告急
苍松展翅出一段弯曲时空的乡史
万坳公社的胎身，游刃有余
他用九月，纷纷惊醒花蕾
留下可鉴可摘的那轮明月

人潮拥挤中，多亏那一位行医者
后来才知，那是他的父亲，所以父亲凶狠
一边高举晨光，一边开始在大海里捞针

《扬子江诗刊》2022 年第 3 期

大英博物馆

王彻之

大巴的灰色嗅觉摸索着经过惠灵顿，
其中的过渡点——很可能也被其他人
误认为旅途的终点，我几次错误地醒来，
像漫不经心的读者翻开新的纸页。
光的气味飘过你的脸，以完成一次快速的提喻，
街道的臭鼬在同样风格的天空下
摆弄公寓的郊区风度。周末我们缓过神，
在大英博物馆，两次回到原点，
看见我们追逐的，那些原始的
方形玻璃放大恐惧
而敲击叫喊声的光柱的人偶，
在非洲皂石和埃及陶罐上的海浪
波纹间做出选择。我的头脑，
虽然错过了最佳机会，也随钟表那明亮的
模仿某种正发生在我们身上的

运动的金属球打转——这么多长久的事物！
但值得爱的又太少。在它周围，
小怀表像我一样，把时间的蜡
涂在世界地图平滑的纸层，
让鲱鱼般的名词穿过腓尼基人残破的，
如今已经被散文光谱修复的帆弦，
放任它们在和风中低语。尽管问题依然存在，
但作为一切次要感觉的起点，
在最初离开征服者的心灵，
把每个清晨的视线拉低到目光的门槛后，
这些耷拉着翅膀的，对知识毫无兴趣
却又趔趄地在门口觅食的海鸥，
就算被我们长时间观看，至少也是自由的。

《扬子江诗刊》2022 年第 4 期

晚　春

黄咏梅

目光往下　花瓶里有脚交错
仿佛晚宴的刀和叉　一个酒杯碰响另一个
桌底下的脚　前伸或者后缩
有时自己缠着自己
我们喜欢这样聚餐　美食和酒
酒上头　脸会红
我们会取笑从前那些暧昧的疼
谁跟谁　谁没跟谁
笑得双脚离开地面
又重重跺下
酒醉之前　我们还很礼貌

指着那瓶花赞美
插得像假的那么美
我们又聊聊插花的方法
每天换水　隔天注入营养液
最重要的一条
在花脚位置　用剪刀 45 度斜口剪枝
斜面越宽阔　花朵吸水越省力
就像在阶梯与平地之间　架一块木板
滚落更为省力
我们隔着磨砂玻璃　用手指分出谁是谁的脚
在托举一个个溺水者
波斯菊　康乃馨　向日葵　香水百合
还有一只展开翅膀的天堂鸟
酒醉之后　客人们去小区看樱花
相互搀扶　左脚撞右脚
我哪里都不去　把门反锁上
将垃圾分类　将酒杯擦亮
晚春的夜还凉　我还心存余悸
怕他们在哪棵树下　过早地醒过来
怕他们认出　那些樱花瓣上
一个个整齐的缺口
是我早些时　一口口咬下的齿痕

《扬子江诗刊》2022 年第 4 期

很久以后的事

李　黎

很多很多年以后
女儿会记得这个画面

一家三口
围坐在一起吃午饭
旁边放着《三体》广播剧
窗外阳光明媚
假期似乎不会结束
很多年之后又过去很多年
随着每个人都离开
没有人会记得这个画面
直到没有人能记得彼此
但是不要紧
《三体》说的
就是这件事

《扬子江诗刊》2022 年第 4 期

影子的诗学

吴小虫

有一次我乘轻轨过长江
在中间的停靠站上来一女子
我羞于看她
而在玻璃的反射中
刚好能仔细地欣赏

随着列车的驶进
有人到站了，有人上来
她的反射的影子
在一晃一晃中消失又复现

不得不承认

我交汇的只是玻璃反射中的
影子
这些显示的两个空间
让我的肉体有了永远的空虚

那又是谁，
在另一个世界向我自己投射
作为影子，今夜
并没有一杯酒相对举起

《延河》2022 年第 4 期

空　荡

丁东亚

轻微的重量可以致命。譬如
隔岸看灯　灯火如豆
放生归来的少女是一面铜镜
我们在长亭夜谈
情话如水色，映现流逝的光影

事实上，我可以用去整个夏日
温习你微醉的笑颜
以风景调剂寡欢
与小摊贩围绕一只银镯的裂纹
探讨从前的风物
更多时候，我愿约上三两小友
去水边垂钓
或去湖畔的小店吃烧烤
雨季配啤酒，落雪时要一瓶二锅头

日子是肉中的香，带着酒气的豪爽

涉江去看你，海棠已盛放
在野芷湖，明净是本真。人世清欢
无须昭示。

《扬子江诗刊》2022 年第 5 期

海甸岛叙

孙文波

呼叫的风彻夜不停。我被抬起，
在岛屿上游弋——进椰林，入沙滩，
跨过分界洲，在热带的尖峰岭上
眺球形水域——海棠湾是奢侈的集散地，
石梅湾也如此。走到亚龙湾，等于进入
海的故事——玻璃之海、翡翠之海，
摆出财富的八卦图阵，让我差一点找不到北。
或许，我不需要找到北——南，
才是绝对——绝对于我，都是安逸——
咖啡安逸，椰子安逸。在石梅湾的玻璃书屋
发呆安逸——最安逸的还是坐在十六楼的
露台上，望着夜晚灯火阑珊，
大陆成为月光下的剪影——大陆，另一个世界，
它的冷是它的病。必须裹入忘记一词——
必须创造永恒的新——沉香新，黄花梨木新，
连见血封喉树也新得让人心惊。当然，
白沙门更新——它见识过我的夜游——
我犹如坐上摩天转轮。我承认它带来眩晕。
我说，眩晕好啊！让我犹如饮甘醇。

晕乎中不知今夕何夕——我能知道的是
——风声，也是一个老人的摇篮曲。

《雨花》2022 年第 5 期

清晨有喜

安　然

我拾捡这些嘹亮的字
它们歌唱着在玻璃上行走
在一片闪烁的河流上
沿着玻璃的反光
虚构诚实

我整理这些嘹亮的字
它们娇嗔，打滚
宛如一个孩子，歪着脑袋，吐出长长的舌头

《扬子江诗刊》2022 年第 5 期

春　剪

小　海

剪去头发的盆景说
它还没露面的机会
就被否定了一回
枝条要盘身半躺着
接受飘风，蚯蚓

藏在根部泥里
像生锈发红的铁钉

泥土里盲目活着的铁钉

剪掉的松针
落在凌空的扶梯上

《十月》2022 年第 4 期

遛　影

周庆荣

太阳偏西的时候，我喜欢背阳散步。

一米七几的个子，投影到地面就是几丈的长度。

影子是无法站起来的，它是我身体在光明中的匍匐。

它因此不能顶天立地。

灵魂、意志，祝福、悲悯，这些词语或令我慷慨激昂，或让我沉默不语。

慢下来时，影子一点一点地向前蠕动，像无声的小溪游进干渴的泥土。偶尔我也会自我解嘲，风中的影子多么像蜕下的蛇皮，空洞干瘪。

可是，此生我永远学不会心如蛇蝎。

边上有人在遛着他的爱犬，我就当是在遛自己的影子。

有一天，当我走到一堵墙的前面，我发现我的影子倏地立起身子。

仿佛要代替我，翻墙而过。

我还是认为在遛自己的影子吗？

是的，在障碍物面前，我把影子遛出了它的尊严。

《十月》2022 年第 2 期

樟树下

北　鱼

在我清早上班的路上
翠锦路和桃源街交叉的西南角
一排樟树站在彼此的绿荫里

我判断不出树的年龄，树下的
老人也不确定。他们习惯于
在晴好的早晨，从金星社区
缓步至旧日的村口，在儿时玩伴身旁
坐下，用方言插叙家常时事

寻常时，樟树与老人相互听不见
直到凉风寄来落叶和死讯，他们起身
为火化的时光送行：他们站在彼此的
身影前，熟练而缓慢地鞠躬

《十月》2022 年第 3 期

西海子公园（兼怀李贽）

安　琪

白灰石面孔斑驳的假山聚集在门口的
西海子公园。

尚未被风吹倒雨淋垮的通州塔在远处矗立

仿佛看管着西海子公园。

手持红彩带跳秧歌的妇女，石椅上吹萨克斯的老汉
他们都有同样的赘肉归属于中年，哦，西海子公园。

李贽墓墨迹脱落的周扬题字，无人瞻仰的此时
此地，我来此鞠躬祭拜，我想问先贤——

当你执意割喉自刎也不愿被发配回乡
心里想的究竟是什么？哦西海子公园。

在黄昏中是你们削薄光线，不断加重
西海子公园的沉寂，与荒凉。

《北京文学》2022 年第 6 期

与城市对话

李成恩

地铁口一缕风，沁凉，直扑我的左脸
我的右脸被朝阳照亮了，今天的气温刚好适合我的右脸

地铁口那一缕甜美的风是今年我所遇到的最好的风
她们是从地铁里归来的吗？从地下到地上总是与众不同

从城市的一端到另一端，街道拐弯时我与阳光撞了一下腰
甜蜜的疼痛持续到电梯口，好了，我现在要进电梯了

如果你还想向我打听城东的消息，无可奉告，因为我的耳朵
只听到了秋蝉的吵闹，他们的热情直奔秋天的殿堂，要收获了

人群在说笑仿如空气在抚摸城市的额头，嘴唇裸露，那笑声
传到城西就变成了一驾马车上叮当作响的银子，好亮呀笑声

黄昏四合，低头觅食的鸽子是我的最爱，她静静移步，淑女之美
再过一会儿，城市的灯火就夺走了大地，把城市再抬高一些吧

抬到夜空里去，城市的倒影里青年还保持着白昼的躁动
扭动的，狂热的，此刻有酒吗？有酒，有青春可以痛饮

老人们保持着沉静的步子，但不是淑女一样的轻盈，那是小鸽子
人老了，在街边看人，看城市的繁华划破时空，划破年轻人的脸

划破了更美，划破了更有激情，划破了的朋克尖叫着
城市在旋转，青春在飞奔，唯有街边的老人在微笑，淑女在照镜子

《诗潮》2022 年第 6 期

记　录

白小云

一些刹那是真实的：
你们摆好造型，为相机摄下此刻而停留
——在彼此的挣脱中，手保持某种默契的
牵绊

一些疑虑，来不及传递到愁眉
一些幸福，在恍惚的一秒前刚被觅得
惊慌在眼里还未及散开

你们再次被嘱咐，保持笑容、保持活跃：
明眸荡波，依附在肉体上的傀儡们
不得不停下争论

这些造作记录了无法返回的现场，
真实得不忍目睹

《上海文学》2022 年 8 月号

江南札记

王　尧

一

高大的我，说着
婉转的苏北普通话，北方的朋友说
大哥，你能不能不说吴语

二

邻居愤怒地扔掉记着食谱的本子
从前春天香椿夏天粉蒸肉秋天螃蟹
现在呢

三

我要买两条黑鱼
卖鱼的人说
大的是吃的，小的是放生的

四

黑与白的修辞
砌成粉墙黛瓦
一个女子照着井水抹粉修眉

五

学生告诉我
在纸上多写几个孤独
孤独就不孤独了

《上海文学》2022年6月号

海边的厨房

希　贤

海边的厨房四周盛放着野蔷薇
恰似去夏一条乡间小径给予我的
完美馈赠——
靛蓝色琉璃苣叶片硕大无比
三两只麋鹿小口地啃食着茴香
银灰色松萝沿小径走势蔓延
细长茎秆的香花菜散发薄荷气息
远处水塔、木质谷仓、马厩若隐若现

从前视若无睹的事物统统苏醒
众声喧哗
复而坠落、衰败

那些无所依附的生灵在空中睡眠
以此捍卫不被生活消磨的尊严
采伐内心的人独坐，唇峰翕动
一棵来历不明的葡萄藤显露古铜颜色
收获的季节结束了
我们需要褪掉身上的疮痕

《星星·诗歌原创》2022 年第 6 期

南方高速

李昀璐

时隔多年你重抵南方
回溯幼时记忆：
广州是大巴车上的广州，晃动的
飞驰的广州，留下最初的剪影：
一条热闹的街，滚烫的人潮混杂新鲜口音
普通话像一种方言，标记乡愁
谁是真正的游子呢？我们靠脐带和子宫
联结故乡吗？忽然发现乡音已经
面目模糊，这是谁的语言？
曾经你在教科书上学到
“马背上的民族”
你是车轮上的、口音中的、广告牌下的
散点坐标
串联数个遥远的城市和陌生的地名
成为一条曲折的南方高速

《滇池》2022 年第 8 期

技　艺

——读特朗斯特罗默有感

王家新

离开家里安稳的写字台
离开斯德哥尔摩公寓窗沿上那一盆盆
由妻子精心修理的蝴蝶兰

来到这非洲腹地的独木舟上
你才知道什么叫技艺
在这里，你得抛开太多东西

你想起走钢丝艺人的平衡
但那也没有用

没有观众，没有批评家
你的眼睛圆睁

没有诗学，没有多余的修辞
只有绷紧的神经

但丁，里尔克，帕斯捷尔纳克……
独木舟如箭一样掠过

更多的人则落下水去
或是被撞得粉碎

汹涌的水流，神秘的风向
更神秘的水下的知识……

有时则干脆闭上眼睛
在如雷的涛声中
与你的独木舟共存亡

你这才知道了什么叫技艺
但那也不仅是技艺……

从此你写作
而一种天意
隐现在一个水手的回忆中……

《长江文艺》2022 年第 9 期

威廉斯堡大桥

姚　风

清晨，漫步纽约威廉斯堡大桥
远处的摩天大楼沐浴着晨光
春笋一般朝着天空生长

多少人正从梦中醒来
“我梦见了遗忘小姐，
她修改了我的梦境”
墙上的巨幅涂鸦
用梦幻的色彩涂抹着这样的句子

有人在桥上晨跑，有人在遛狗
有人乘火车往返于每天的起点与终点
护桥栏的铁丝网上

挂着各式各样的连心锁
这么多锁，一定多过钥匙和密码

人行道的地面上
三个汉字如此醒目：去洗澡
赫德逊河口像巨大的浴池
翻滚着碧波

《草堂》2022 年第 9 卷

在快餐店里度过的中午

张曙光

现在是 12:45，北京时间。我在一家
快餐店里喝一杯咖啡。窗外是临时停车场
一些行人从车辆中间穿过。邻桌的几个半大小子
在玩手机，闲聊，不时发出咯咯的傻笑。
而街道两旁的树木静止不动，仿佛
印在明信片上的风景。我在等待着什么？
祈祷会有奇迹发生。我坐在这里很久了
似乎有一个世纪那么久。也许
时间停摆了。我更希望它能够回流
这样我会见到当年的亲人和朋友，同他们
心无芥蒂地交谈，或喝上几杯啤酒。
我会让一切重新开始，避开我因愚蠢
而犯下的错误。我的诗也会变得年轻
充满希望，而不再是迟疑和忧伤。

《诗潮》2022 年第 9 期

在街边

张晚禾

实在过于轻盈
我们的脚步，和细碎的
密语，你微启的唇齿——
没有语词流出来
像远处发生的事，没有从
你身体的缝隙流出来

那又如何
我们想象一场雨，落到街边的
每一棵树上
想象更多的雨，落到你的
身体上，多么轻盈

我们坐下来，
在这条街的尽头，在尽头
的岸边，在岸边的一块
石头上，看远处的小船
漂浮在大海上
载着闪电，和忧愁

豆瓣“张晚禾小站”，2022 年 8 月 20 日

有时我在二月的星空下行走

徐　钺

有时我在二月的星空下行走
带着酒和睡梦
对一条陌生的街感到熟悉。
夜归者也变得透明，抽帧播放的胶片
在柏油路上泛着蒸汽。

如同理智，地下水道缓缓地咕哝：
“请看看这份图纸！”
如同困倦的思想：
一艘正在停泊的渡船，它身上
同河堤不断对抗的轮胎。

但二月的河道封锁
冰纹摸索着街灯，像万花筒的玻璃。
陌生的人类在淡淡的黑暗中
点亮幽闭的蜂巢
千万个生活盲目照进我的眼底。

《山花》2022 年第 10 期

没有人的公园

麦　豆

地面上有一只
青涩的果子
风从树上
将它吹落。
树上有一只鸣蝉
不止一只在鸣叫。
灌木丛里掩藏着
空的矿泉水瓶
蓝色的塑料纸。
身后是一张长椅
供途中人休憩。
柳树黑色的影子
在悄悄移动
地球在旋转。
公园里静悄悄
每样事物
都保持着它们
与人相遇时的样子。

《青年文学》2022 年第 10 期

散　钱

谈　骁

钱包已经变空，还有一张
一百元的。零钱就要用尽，
还有一张一百元的。
父亲在灯光下摩挲，温热
传到我的手指：我并不贫穷，
只是拮据；我并非对世界无动于衷，
只是需求甚少，也没有据为己有的冲动。
出门买了一碗面，
还剩九十八元，一杯豆浆并非必要，
我的干渴尚可以忍受。
钱包又变厚了，除了零钱，
当然还有一张五十元的，
不用很快散去，这残缺的
完整，像半夜醒来的黑，
总是给我睡到天明的富足。

《青年文学》2022 年第 6 期

风　筝

王夫刚

在潍坊我曾经生活了三年之久。
这是一个城市，空中飘着太多的风筝
但我向来不喜欢飘的东西。

很多次我抬起头来，看到风筝
看到飞鸟，并把它们混为一谈
这不说明具体的问题。
因为飞鸟同样被我一再忽视。
我只是奇怪，风筝和城市
可以保持这样一种关系。
我对搞不清楚的事情怀有断断续续的
热情，而三年时光正好弥补
一只风筝所带来的阴影。
在写给天空的赞美诗中
我谈到了风筝和飞起来的命运
“风将使它找到天堂
而线能让它带着天堂的消息
返回人间。” 当我篡改阿基米德的时候
风筝博物馆的错漏仍未修正。
我感激潍坊但对轻而摇摆的风筝
有点粗心。世界就是这样
世界就是这么一回事——
我不喜欢飘的东西（或者是
飘的感觉），但轻而摇摆的东西
不会因为我而丧失意义
也不因我的来去产生爱与恨。
在潍坊，总有一些清晨
黄昏，总有孩子和老人
经历着不被理解的事物的爱。
按照他们的理由，我将失去理由
按照他们的快乐，我将死于
一只风筝的不可能。

《红豆》2022 年第 6 期

中轴线纪事

王家铭

从阳光照耀的庭院进到后殿，
镇水兽打破了中正的秩序，它的鳞片
与我们投下的影子相交，使整个身形
更显得凌乱，带着抽搐的力量。
好像它隐秘的嘴只有不停地翕张，
才能撑起欲坠的脑袋。好像广福观有一刻
从地图上消失了，接受采访的人
被荇草拖着，一下子沉到了水底。
岸上神祇，在昏热的理智中
伸出解救之手。只有经历原始仪式
才能回到狼狈的现实。而发光微生物
早就麇集于我们的臂膀。

一开始羞怯的招呼后，我听她谈
自由的期许，或许并没有，
只是我臆想了在写作中
无限忍耐的生活。“噢带着问题意识……”
书店仿若波光中的诡影，
我们是命悬于海上的读者吗？
那些地方你将重新去过，
带着怀疑的爱，深入格言般
漂亮的修辞里。而黄叶在大街上
被环卫工扫进神秘的黑暗，
——我感到一种不能克制
但是平淡到令人生厌的哲学。

天桥边新修的石碑，夜色下亮得发黄，
那年头，唱大棚的人儿手里攥着汗巾，
被月光照着回家。总是如此，
世界尽头也是这丰收的景象，
大地整夜都在起舞。佑圣寺上空
带电的风筝遥远却无比醒目，
好像把电流输到了笛箫、三脚架
和陀螺的孔眼里，公园发出
分崩离析的光。离开前我拍下
四十年前的手稿，那些修改符
如蛇信子舔过来，又像刚恸哭过。
——欲望终于火束般升腾。

微信公众号“神像的刨花”，2022 年 10 月 17 日

红色花朵

高建刚

楼下那棵无花果树
一夜间开满红色的花
那是一辆红轿车等待新娘在树下
一片白云遮天，那是窗外的白墙
隔开各自的家园；墙沿上一只白猫
那是生锈的空调，让主人感冒头疼加咳嗽
有人抽烟斗，那是阁楼
两扇黑暗圆窗和排油烟筒构成的脸
远处有人撕心裂肺吵架
那是狗咬狗的犬吠
接着两声滚雷，房屋震动
飘来大片乌云，要下雨了

继而手机响起铃声
那是救护车疾驰的笛鸣
打开微信，才知道
错错错
那是地下发出的声音
然后是生者与死者难分

一盏路灯在交错的建筑之间亮了
那是初升的明月，夜已降临

《世说文丛》电子杂志，2022 年 10 月 15 日

醉　男

刘　川

山顶之上
月亮之下
有妇哭泣
其实是
一只瓶子
被风吹得呜咽
他将瓶子
一把搂在怀里
趔趄着
从漫天风雪
抱向灯火

《长江丛刊》2022 年 10 月上旬刊

被侮辱与被损害的诗

吕　达

现在它们只在梦中显现了
甜美的，紧张的，剧情起伏的
我确实渴望过另一种人生
粗鲁的，温柔的，进攻的，接纳的，英文的，日文的……
诗确实可以包罗万象无所不能
但诗人无法活过黎明

“啪嗒”一声，当电灯亮起
只要头发还在，眼镜还在，肉身还在
就必须做饭，刷锅，挤地铁
一只尽职尽责的蝼蚁在风中奔跑
此时诗已完全死去
但它没有留下遗体
它喜欢不辞而别
像我深爱过的每一样人间事

微信公众号“一见之地”，2022 年 10 月 6 日

黑色尘埃

老　井

地心的黑暗，像绸缎
但最好的裁缝也无法裁剪
像高山，但是连云豹也无法爬到

它的顶端。像墙壁
但我拎了几桶乳胶漆，用坏了好多把排刷
却无法将其刷白
像波澜壮阔的大海，但是深陷于水底的矿工
没有一个溺亡的
最后还是师傅打开了矿灯
明晃晃的光束拉开跨世纪的帷幕
地心的舞台上何其空荡
只剩下眼前的机器和几米外的煤田
以及空气中的黑色尘埃
绸缎、高山和墙壁、大海都
不知藏匿到了何方

此时，我吹上一口气
如果采煤机和液压支架能飞起来
那它们就是一亿年以后地心里的
黑色尘埃

《人民文学》2022 年第 9 期

我的小女儿也该嫁人了

榆　木

水仓蓄满煤泥的时候
我的小女儿出生了
上午九时，下到水仓清理煤泥时
我想啊：人间从此多了一个
喊我“爸爸”的人

中午一点多的时候

当我爬出水仓
坐在西辅巷的通风口
矿灯照着六米高的煤柱
采煤机从两千多米长的采面缓缓退出
我想到：我的小女儿已经三岁了

如果不出什么意外
我会一直待在这个水仓
当 23092 工作面布置完成
当我摁下水泵开关的停止按钮
下午五点的时候
我想起：退休的事
到那时候，我的小女儿也该嫁人了
我突然感觉到：这一切
仿佛只是一次出井与入井的时间

《星星·诗歌原创》2022 年第 7 期

阵雨速写

童作焉

这场雨来得潦草，街道被凌乱地切割着。
天色很快阴沉下来，广告牌和红绿灯变得暗淡。
雨声混着汽车鸣笛声，持续酿造着焦灼。
一群人像羊一样，湿淋淋地拥进车站。

我记得一辆卡车驶过，车身上
刷满了红色的油漆。一些建筑工人
穿着蓝色的工装，在车上大声地叫喊着。
雨越下越大，我看不清他们。

沥青的地面上雨雾跳动，像快速敲击的鼓面。
几只橙色的橘子滚落在路边，旁边雨水流过，
带来紫色的糖纸、金黄的落叶。人群吵闹着，
各种方言汇聚，打电话的声音此起彼伏。

雨很快过去，炙热的阳光迅速倾泻下来。
发条转动着，人群和车流按照程序机械地运作着。
短暂的潦草记忆很快被删除，只剩我捡起橘子
来到这里，成为一个阵雨一样的不速之客。

《人民文学》2022 年第 5 期

观甘庭俭木刻寄鄢家发先生

李海洲

那些年的成都有些摇晃
记忆再深一些雨和酒就会倾盆。
我们穿过流言挡住的沉疴
在街边组一局江湖坐定。
夏日很短，毛豆是啤酒的价格
啤酒是青春的价格。

那些年，潜泳的锦鲤在夜色中
天还没亮，钻石般的皱褶不为人知。
而黄昏有太多孤独。世事穿插
每一条大街都是同一条。
喧哗中对饮，我们旁若无人
偏激地谈诗，用怒吼面对世界。
后来那个背影宽大的人摆摆手

他要压下江湖，让青年们回到杯前。
他起身，盆地的槐花有了高原的情欲。

那时候成都闲散，诗意无边
我们谈过和写下的都还没有老去。
多少走旧的街道，在梦里铺着前尘
骑过的单车，靠在记忆尽头
它或者会和锈迹的我们一起消散。
很多次，想起你就温暖入怀
想起你，诗歌就有了九十年代的模样。
是啊，一群人的青春没有完全折断
大部分还在你手里。
是啊，我记得醉酒的人提前了星星，
在红星路的日出里。

《星星·诗歌原创》2022 年第 7 期

四周记

余　怒

意识到被四周融化掉是一件快乐的事，是在
生病期间。如同灾祸临头后建立起某种特别
的信仰，不相信庙宇的功能，默祷的魔力，却相信
疾病的作用。一个不错的模型。你可以时不时
去病一次。在病床上，顺便考察一下你的孤独，
嘲笑它，或逗弄它。就像逗弄直立于路边的一条
眼镜王蛇。吊完一瓶水，接上另一瓶，想着跟谁
去谈谈厌倦（护士们太年轻，护工们又忙得
顾不上你）。打开窗户，视野开阔起来，这时
你才有了“四周”这个概念。阳光下的广玉兰树

和芭蕉树、夹竹桃树和柳树，还有一些草本植物及
其他阳光普照之物。你来到外面的回廊上，穿过
坐在那儿的病友们，在各种口音中辨别本地口音。
走近那个陌生的话痨小老乡，不搭话，只是听他。
你来到俯瞰医院的小山上，看见泉眼，看见流水
流动，继而看见它们朝山下乃至远方流去。这是
什么样的一种“四周”啊。它整个儿也在朝远方移动。

《草堂》2022 年第 3 卷

祝你一帆风顺

小　西

下午五点，站在二楼往下看
一个戴着橙色安全帽的建筑工人
正准备过马路，他怀里抱着一盆
绿色的植物。风很大
他不得不用手小心地护着
像护住某个明天
或者一个希望

我知道那植物的名字
它叫白鹤芋，也叫一帆风顺

《扬子江诗刊》2022 年第 2 期

自贡

陈东东

就像执行了白垩纪末日遗嘱的指令
但也可能特意去背叛：六千又六百
万年之后，人，光膀子，光肩胛
光着胸和背，并且显露，设计成
能量插孔的幽邃肚脐眼（当他们
断开了纽带，却不曾再用来充注
回溯……）他们架起的一群群天车
比悠长胜似山毛榉枝干的颀秀脖颈

还要超迈，比玲珑其上的小小脑瓜
还要高出多少头地；被赋予的智能
早已经失控？白鹿引来箭矢好奇①
继而凝聚起铁的意志，捣碓一柄柄
铁的蒲扇锉，铁的银锭锉②——数载
十数载，或从生到死，外加马蹄锉③
修正，垫根子锉④用来兼施于软硬

---

① 白鹿引来箭矢好奇，传说梅泽见白鹿饮石缝中泉水，搭箭射而白鹿仍不去，始知泉水味咸，于是凿井采卤水烧煎成盐。参见王象之《舆地纪胜》：“井主姓梅，梅本夷人，在晋太康元年因猎，见石上有泉，饮之而咸，遂凿石至三百尺，盐泉涌出，煎之成盐，居人赖焉。”

② 蒲扇锉，大口径凿井工具，铁制，体重身长，锉头形状如一柄倒置的蒲扇。银锭锉，亦称小锉、太平锉、吉字锉，凿井工具，铁制，刃口加钢，形状似银锭。

③ 马蹄锉，钻凿工具，铁制，刃口加钢，参见《四川盐法志》：“柄及把手略同于银锭，惟锉作马蹄式，单者仅起半形，双者两面皆具。”

④ 垫根子锉，钻凿工具，铁制，刃口加钢，钻头底部一侧像银锭锉，另一侧像马蹄锉，刃在马蹄内侧，银锭一侧底尖与锉刃相平，用以钻凿井腔内侧一边是硬岩、一边是软岩的盐井。

从铁的沉积岩，出土一座座秘藏的

大海——悬浮于黑卤黄卤①的微生物
真足够回应永久失传的恐龙猜想吗
那当然已非模拟，而且延展到反面
分泌尽汗腺里所有的盐分，去将盐
炼取，为控之控系统设置了咸度
自索而又自供的塑造，除了自纠
也还在自疚，尤其当他们穿戴起来
后肢的蜥脚趿拉兔拖鞋，循着兔灯

啃噬……兔女郎端上的食品

《草堂》2022 年第 1 卷

凝视弗鲁贝尔的《天鹅公主》

翟永明

天鹅公主走向远处的宫殿？
抑或走向一艘海盗船？二者一般？
她不是踮着脚尖走
也不是被托离地面举着走
而是一步一回头　扑棱着翅膀
霓裳羽衣　轻迤慢行地踱步
蓝灰色调笼罩她的脸颊
淡绿眸子唬人地睁大

---

①　黑卤，碳酸盐岩系中沉积变质的古海水，埋藏深度在近四百米至 3500 米、内有混浊悬浮物呈黑色沉淀，有较强的硫化氢气味，味极咸，是井盐生产的重要原料。黄卤，碎屑岩中沉积变质的古湖水，埋藏深度数百米至 3000 米，呈无色至浅黄色，半透明至透明，具黄色沉淀，是井盐生产的重要原料。

白色纱笼勾勒出她的肩膀轮廓
黑色山崖矗立后方　提示着地点
男人都爱描画的女性：
永恒的女性？稍纵即逝的女性？
神秘婉转的女性？
珍珠般溢彩的女性？
还是恶魔使女般的某类女性？
玫瑰红的海面泛着暮光

《广州文艺》2022 年第 10 期

波德莱尔

梁鸿鹰

这个结出恶之花的人
从来不蔑视
痛苦的炼金术
他为忧郁正名
遍尝虚无的折磨

把厄运担在自己身上
于午夜反省世界的残缺
即使命运将他囚禁
相信在黑暗的海底
依然能够敲响破旧的沉钟

他的猜忌
就是所有水仙花的猜忌
过分牵挂
却无力把世界纳入画框

只因愚昧主宰审美
拒绝为才华加冕
冷酷将智慧掩埋到下个世纪

《上海文学》2022 年 6 月号

在老年公寓

荣　荣

她的身体里被倾倒了一大车沙子，
也许还会有各种暗响，
像磨损过久的器具转动时的阻滞与疼痛。

他的头脑更像是一次次风暴过后的现场，
需要反复重启或修整。

他们停顿下来，凑在一起说养生，
就是身体的敲打和按摩？就是平和？
也许还梦想着一剂猛药。

也说来生，那是将去未去的地方，
那是老年的诗与远方？

只有夕阳是松懈的，它就跟在
他们身后，伸展的影子，
一再越过铺满防滑塑垫的花廊。

《上海文学》2022 年 5 月号

那些年，被我偷偷拆封过的信件

汤养宗

十四岁的恶作剧中我神一般偷拆过
一些人的信件，村里的供销店
是四方鸿雁的落脚地，小店迷糊不语
我仿佛来自天外，被派来
窥视人间一笔一画写出来的隐情
又原件封好放回，以赓续
尘土上花开花落的牵念
在人世，我命里的诸多启蒙
来自这跳转的游戏，一些文字被人挖走后
又回到了纸张上，黄金
被搬动，却什么也没少掉
我始得知，许多令人心跳的字眼
写出来都是羞羞答答的
纸包不住火，火又历来依靠
被纸包着来回走，成为男女间
既烫手又含情脉脉的戏法
而众多向父母致敬的问候是那时
额外的照射，若干年后
它们转过身变成我的笔法，让满头
白发的人，像个青葱少年
在人间写出了寄往天堂的十一封家书
也有人面对时光很是为难
说给你写信只为了打发弥漫的空余
或找话来说话，成为我后来的
诗篇，说自己正享用着装得满满的无
并认下活着就是漏洞百出

这游戏终止于我的自作聪明
对一场无望的爱，我情不自禁作了干预
“什么叫铁石心肠，你就是”
我竟把这句话也添加在那封信上头
以为流水会改变形状
真是神仙有神仙的错误，美丽的收信人说
“你真是个好心的小贼”

《边疆文学》2022 年第 9 期

我知道与同代同类人见面该如何行礼

西　川

估计厚达五百页的一个人被我遇见在傍晚的海淀。
他有趣竟如来自五百年前的某个傍晚。
他要是再老一点见解再黑夜一点修辞再黎明一点，
我想我会引他为同类，
但我们肯定不是同代人。

而两千年前的我悲天悯人胸怀装得下山山水水。
我被同道们称赞被鱼鸟追随，
被天边的非同道给出货真价实的反驳。
我知道我应该走多远的路吃多少个馍去拜访谁。
我知道与同代同类人见面该如何行礼。

《北京文学》2022 年第 9 期

真正的名字（编后记）

李　壮

1

在这篇“编后记”的开头，我想要引用一首这本年选的“编外之诗”。全文如下：

我的脑子很早就坏掉了
医生是这么说的
身体也坏掉了
它自己告诉我的

脑子不灵活
记不起妈妈的样子
眼睛不明亮
是太阳还是月亮
脚不健壮，走不到四方
耳不聪慧，听不到八面
他们都在说再见
我也该跟他们说再见

我不怕死亡，不怕遗忘
记得我的人本来就不多
我也记不清那么多人
我来的时候没有衣袖
走的时候也无云彩
多得是尸体成了泥土

我迟早是盒子里的尘埃

父母告诉我的道理
我告诉了我的下一代
我还嘱咐他们
告诉下一代的下一代
一代又一代
这些曾交于我保管的
我现在都交还于她

这首诗没有题目。我甚至都不知道作者的真实姓名是什么——这首诗出自网易非虚构创作平台“人间 theLivings”微信公众号上一篇名为“一个临终精神病患者最后的甜蜜愿望”的文章，在文中这首诗的作者名叫“老褚”，然而，出于隐私保护考虑，该文“人名均为化名”。

没错，老褚是一个在精神病院住了差不多一辈子的人，原因是精神分裂症。那篇非虚构文章的作者是老褚的心理治疗师。这位治疗师写道，当时，“我把老褚的诗给几个做诗歌类公众号的朋友看过，希望他们能帮我发出去，不要稿费，但没人愿意”。而在文中，这句话的上一句，是“当晚，老褚被紧急转入市中心医院的肿瘤科。过了两天，小褚神色匆匆地到医院办理老褚的转院手续”。

这是诗背后的故事，或许也是这首诗的“发生学”：老褚得了胃癌，大家都瞒着他，但他自己猜到了。

现在，这首诗大约可以算是“发出去”了。并不是因为作者特定的身份，或者什么“疾病的隐喻”。这首诗固然并没有好到“非放入年选不可”的程度，但我的确在诗中看到了某些正日渐稀缺的品质：真诚，质朴，对浮夸、刻意和表演性语言姿态的拒斥（甚至干脆就是“不掌握”），以及一种真正与生命自身相关的平静的悲伤。

为此我感谢老褚——这位“不具名”的，我在现实世界中从未相识过却能在文字世界里彼此对话的陌生的朋友。我想老褚大概也是会高兴的，假如他真的能够知道的话：是的，那篇非虚构文章发表出来的时候，老褚就已经去世了。

2

之所以引用这首诗，转述这个故事，是因为我愿意强调：诗应当是一件与生命相关的事情。它的生发应当与生命有关，它的落脚同样如此。

诗应当是一种生命之间的对话：在生命的感受和生命的表达之间，在作者的生命和读者的生命之间；从无名的、不可说出的震颤，到文字的、尝试具化为形式的震颤；从一时一地一个人的震颤，到众多的、传递给不可预知的未来时刻的震颤。

为此，我必须感谢这本诗选所涉及的所有作者。在阅读的过程中，你们的这些诗作击中了我——在对纸质刊物或微信公众号推文的阅读过程中，与一首漂亮的诗歌迎面相撞，实在是一件幸福的事；倘若这首诗的作者是一位我并不熟悉甚至从未听闻的诗人，这种幸福感又几乎是加倍的。

同时，必须感谢出版社的策划老师和各位编辑，以及在我之前负责编选过这本年选的老师们。是你们的努力和付出，让更多优秀的诗作得以走向广大的读者，获得更加广泛的传播。

此外，我也必须致歉。这本诗歌年选的收录量大概在300首上下，这个数字很大，但在中国诗歌现场巨大的文本生产量和同样巨大的诗歌发表平台数量（传统报刊以及网络自媒体）面前，又显得很小。任何选本的容量都是有限的，任何凡人的视野和阅读量更是有限的，因此挂一漏万是不可避免的事情——在这里，我要向出于种种原因被这本书错过的优秀诗人及优秀诗作致歉。遗珠之憾，责任在我。万望诸位师友海涵。

3

下面，谈谈这本书的体例问题。

我把所有的入选诗作分成了四辑。这当然不是“看脸”“随缘”式的行为，有必要大致向读者介绍一下，这四辑的分法为何、逻辑何在。

第一辑里的诗作，大多体现出较为鲜明的现实指向和社会历史关切。其间所涉，关乎文明，关乎文化，关乎我们的公共生活、公共记忆、公共关怀。同时，这些诗作还涉及更加广义的“他人的故事”——特殊的人群、特定的行业，以及并不特殊却空气般环抱着我们日常生活的具体又象征的“他人”。

如果说第一辑的诗作侧重“他人”“外部”，那么第二辑里的作品，则更多地属意“自我”“内部”。我们从中可以读到，我们这个时代的诗和诗人，是怎样以自己的方式，去持续地探索心灵、表达生命，试图重建个体灵魂与生活世界的关系。我们将会看到，那些看起来私密的情感与关系，是怎样在语言之中超越了私人生活的最初领域，而在人类心灵的更广阔天地里，留下刻痕与共鸣。

第三辑的目光，投向的是乡土自然空间。乡村书写以及更加广义的自然书写，到今天依然是中国诗歌产量最丰、品质最高的领域之一。事实上，不仅仅是传统的“乡土题材”，那些具有广义上的乡土感（书写传统亲情关系或气质上具有较明显的“熟人社会”的文化印记）的作品，也被我放置在这一辑。

与“乡土自然空间”对应，第四辑则集中关涉“城市人造空间”。城市化大潮是当下中国醒目的历史景观，都市正在成为我们最普遍、最重要、最典型的生活空间和经验场域。城市的柏油路面之下，埋藏着当下诗歌创作最重要的“新增长点”。处理都市题材、关注现代生活的诗作，大多收录在第四辑中。同样，具有广义上的城市感（以当代生活方式和情感结构为基础、具有“陌生人社会”的文化印记）的作品，也在其中。

以上是这本诗选的大致体例思路。在编选过程中，我尽力试图协调好不同美学风格、不同作者年龄段乃至不同的作品来源出处（例如，在传统的文学期刊之外，我还收录了一些首发于新媒体平台和个人社交媒体的作品）之间的平衡关系。但如前所说，依然难免存在诸多遗漏、疏忽乃至不妥之处——再一次，万望广大读者和文学界的朋友们海涵。

4

最后，这篇以故事开头的“编后记”，我同样准备以故事结尾。

去年的《2021年中国诗歌精选》出版后，我自己手里留有几本样书。在必要的存档留备之外，有几本样书被我送给了朋友。其中一位朋友比较特殊，他是我楼下连锁理发店的一位年轻洗头小哥。有一次他为我的夫人洗头，聊天中发现我夫人写小说，也从事编辑工作，便热情介绍自己是狂热的诗歌爱好者，进而喜出望外地同我夫人聊起了文学。回家后，夫人把他的故事讲给我，还给我看了他自己写的诗。于是后来，他也变成了我的洗头小哥。

客观地说，他写的诗并不算太好。《2021年中国诗歌精选》出版后，我送了他一本。我希望他多读好诗，这样自己也能写得更好些。

几个月前，我们收到他发来的微信，说自己已经离开北京回老家了。他说北京的生存压力实在太大，像他这样的年轻人，难以奢望一辈子留在这里。但他说，他还是会继续写诗的。这个世界上其他许多事，是自己决定不了、说了不算的；但喜欢诗，坚持写诗，他自己说了算。

后来，他又发来自己最新的诗作。他真的还在坚持写，并且，真的比以前的作品好了一些。

当然，“好”或“不好”原本也不重要。对绝大多数写作者来说，世界上总有写得更好的人；对真正虔诚的诗人来说，觉得自己“不够好”、渴盼并相信自己可以“更好”，大概也是一生的常态。重要的是，我们还在继续写诗，我们的心里还有爱和光。重要的是，这个世界上其他许多事是我们决定不了、说了不算的；但喜欢诗，坚持写诗，我们自己说了算。

感谢诗歌。我们的尊严，我们那个真正的、愿意为自己所承认的名字，在诗里。

此中有我们所能企及的完整。

这本诗选献给你们。愿你们喜欢。

2022年冬，于北京

长江文艺出版社·长江诗歌出版中心书目

《中国新诗百年大典》(30册)洪子诚、程光炜主编,999.00元(平装)1199.00元(精装)

《生于六十年代:中国当代诗人诗选》(全三册)潘洗尘、树才主编,168.00元

《70后诗选编》吕叶主编,广子、阿翔、赵卡编选,268.00元

"中国21世纪诗丛"系列

《雷平阳诗选》雷平阳著,23.00元

《余笑忠诗选》余笑忠著,24.00元

《哑石诗选》哑石著,18.00元

《桑克诗选》桑克著,24.00元

《刘洁岷诗选》刘洁岷著,23.00元

《柳宗宣诗选》柳宗宣著,21.00元

《扶桑诗选》扶桑著,26.00元

《池凌云诗选》池凌云著,26.00元

《明迪诗选》明迪著,26.00元

《剑男诗选》剑男著,28.00元

《黄斌诗选》黄斌著,26.00元

《树才诗选》树才著,28.00元

《莫非诗选》莫非著,28.00元

《宇向诗选》宇向著,27.00元

《沈苇诗选》沈苇著,36.00元

《杨键诗选》杨键著,36.00元

《森子诗选》森子著,36.00元

《刘川诗选》刘川著,46.00元

《亦来诗选》亦来著,58.00元

"21世纪诗歌精选"系列

《21世纪诗歌精选(第一辑)·草根诗歌特辑》李少君主编,24.00元

《21世纪诗歌精选(第二辑)·诗歌群落大展》李少君主编,24.00元

《21世纪诗歌精选(第三辑)·新红颜写作档案》李少君、张德明主编,26.00元

《21世纪诗歌精选(第四辑)·每月好诗特辑》李少君、田禾主编,36.00元

《诗收获》系列　雷平阳、李少君 主编　每册定价58.00元

《诗收获2018年春之卷》《诗收获2018年夏之卷》《诗收获2018年秋之卷》《诗收获2018年冬之卷》

《诗收获2019年春之卷》《诗收获2019年夏之卷》《诗收获2019年秋之卷》《诗收获2019年冬之卷》

《诗收获2020年春之卷》《诗收获2020年夏之卷》《诗收获2020年秋之卷》《诗收获2020年冬之卷》

《诗收获2021年春之卷》《诗收获2021年夏之卷》《诗收获2021年秋之卷》《诗收获2021年冬之卷》

《诗收获2021年春之卷》《诗收获2021年夏之卷》《诗收获2021年秋之卷》《诗收获2021年冬之卷》

《诗收获2022年春之卷》《诗收获2022年夏之卷》《诗收获2022年秋之卷》《诗收获2022年冬之卷》

《读诗》系列　潘洗尘、宋琳、莫非、树才 主编　每册定价28.00元

2011年:《读诗·无法替代》《读诗·给事物重新命名》

2012年:《读诗·大于诗的事物》《读诗·倾斜的房子》《读诗·无法命题》《读诗·话语斜坡》

2013年:《读诗·雪加速的姿态》《读诗·云南的声响》《读诗·纠结的逻辑》《读诗·忽然之年》

2014年:《读诗·和世界谈谈心》《读诗·手艺的黄昏》《读诗·器物上的闪电》《读诗·虚幻的扇面》

2015年:《读诗·生于七十年代》《读诗·少数花园》《读诗·回想之翼》《读诗·仓皇岁月》

《读诗》系列(改版)　潘洗尘 主编　每册定价39.00元

2016年:《读诗·蜉蝣造句》《读诗·词的迁徙》《读诗·动物诗篇》《读诗·黑夜颂辞》

2017 年:《读诗 · 暗物质指南》《读诗 · 大匠的构型》《读诗 · 危险的梦话》《读诗 · 虚构的破绽》
2018 年:《读诗 · 词语的迷雾》《读诗 · 土地上的铁》
2019 年:《读诗 · 时间之水》《读诗 · 虚构的平静》《读诗 · 盛大的虫鸣》《读诗 · 寒露纪事》
2020 年:《读诗 · 纸的形状》《读诗 · 暴雨之前》
2021 年:《读诗 · 汉字戒指》《读诗 · 端的冬天》

"读诗库"系列　潘洗尘 主编

《大江东去帖》雷平阳著,36.00 元
《房子》丁当著,36.00 元
《节奏练习》树才著,36.00 元
《李亚伟诗选》李亚伟著,36.00 元
《这是我一直爱着的黑夜》潘洗尘著,36.00 元
《信赖祖先的思想和语言》赵野著,36.00 元
《神在我们喜欢的事物里》娜夜著,36.00 元
《两块颜色不同的泥土》吕德安著,36.00 元
《小工具箱》莫非著,39.00 元
《尚仲敏诗选》尚仲敏著,39.00 元
《组诗 · 长诗》陈东东著,39.00 元
《1980 年代的孩子》马铃薯兄弟著,39.00 元
《黑夜盗取的玫瑰》李明政著,39.00 元

《汉诗》系列　张执浩 主编　每册定价 36.00 元

2012 年:《汉诗 · 春秋诗篇》《汉诗 · 群山在望》《汉诗 · 呈堂证供》《汉诗 · 难以置信》
2013 年:《汉诗 · 锤子剪刀布》《汉诗 · 荷花莲蓬藕》《汉诗 · 春江花月夜》《汉诗 · 金木水火土》
2014 年:《汉诗 · 惊蛰》《汉诗 · 谷雨》《汉诗 · 白露》《汉诗 · 小雪》
2015 年:《汉诗 · 沁园春》《汉诗 · 满江红》《汉诗 · 清平乐》《汉诗 · 鹧鸪天》
2016 年:《汉诗 · 新青年》《汉诗 · 语丝》《汉诗 · 创造》《汉诗 · 新月》
2017 年:《汉诗 · 六口茶》《汉诗 · 采莲船》《汉诗 · 雀尕飞》《汉诗 · 十年灯》
2018 年:《汉诗 · 鸟的身体里有天空》《汉诗 · 风把绳子上的衣服吹向一边》
《汉诗 · 父亲扛着梯子从集市上穿过》《汉诗 · 我的身体里住着柔软的动物》
2019 年:《汉诗 · 从老家那边下过来的雨》《汉诗 · 他伸手摸到了垫床的稻草》
《汉诗 · 我们生来就迎风招展》《汉诗 · 一个人往大海里倒水》
2020 年:《汉诗 · 风月同天》《汉诗 · 降福孔皆》
2021 年:《汉诗 · 行行重行行》《汉诗 · 种莲长江边》
2022 年:《汉诗 · 一公斤棉花有上万颗棉籽》《汉诗 · 风吹在我们身上是有形状的》

《汉诗》文丛　张执浩 主编

《谁是张堪布》川上著,48.00 元
《与他者比邻而居》魏天无、魏天真著,38.00 元
《我的乡愁和你们不同》毛子著,48.00 元
《给石头浇水》槐树著,46.00 元
《我爱我》艾先著,46.00 元
《星空和青瓦》剑男著,49.00 元

《诗歌风赏》系列　娜仁琪琪格 主编　每册定价 35.00 元

2013 年:《诗歌风赏 · 大地花开》《诗歌风赏 · 芬芳无边》
2014 年:《诗歌风赏 · 中国当代少数民族女诗人诗选》《诗歌风赏 · 风荷疏香》
《诗歌风赏 · 散文诗汇》《诗歌风赏 · 万壑清音》
2015 年:《诗歌风赏 · 青春诗汇》《诗歌风赏 · 水墨青莲》《诗歌风赏 · 果园雅集》《诗歌风赏 · 2015 年女子诗会专辑》
2016 年:《诗歌风赏 · 中国当代女诗人爱情诗选》《诗歌风赏 · 花叶扶疏》《诗歌风赏 · 秋水长天》《诗歌风赏 · 又闻新雪》
2017 年:《诗歌风赏 · 中国当代女诗人代表作》《诗歌风赏 · 映日荷花》
《诗歌风赏 · 第二届全国女子诗会》《诗歌风赏 · 咏荷诗会》
2018 年:《诗歌风赏 · 中国当代女诗人亲情诗选》《诗歌风赏 · 惠风和畅》《诗歌风赏 · 瑶花琪树》《诗歌风赏 · 梅香映雪》
2019 年:《诗歌风赏 · 中国当代女诗人山水诗选》《诗歌风赏 · 琼林玉树》
2020 年:《诗歌风赏 · 水木清华》《诗歌风赏 · 万物丰成》

2021 年:《诗歌风赏 · 水软山温》
2022 年:《诗歌风赏 · 云锦天章》

《诗建设》系列　泉子 主编　每册定价 36.00 元
2020 年:《诗建设 · 2020 年春季号》《诗建设 · 2020 年夏季号》
2021 年:《诗建设 · 2021 年春季号》《诗建设 · 2021 年夏季号》
2022 年:《诗建设 · 2022 年第一卷》《诗建设 · 2022 年第二卷》

《明天》系列　谭克修 主编
《明天 · 第三卷 · 十年诗歌档案》,36.00 元
《明天 · 第四卷 · 2011-2012 华语诗歌双年展》,48.00 元
《明天 · 第五卷 · 中国地方主义诗群大展专号》,48.00 元
《明天 · 第六卷 · 中国地方主义诗群大展专号 2》,48.00 元

《象形》系列　川上 主编
《象形 2008》《象形 2009》,28.00 元
《象形 2010》《象形 2011》《象形 2012》《象形 2013》,29.00 元
《象形 2014》《象形 2015》《象形 2016》,36.00 元

“诗想者”书系
《浆果与流转之诗》茱萸著,26.00 元
《如是而生》夏宏著,30.00 元
《老拍的言说》黄斌著,46.00 元
《大河》李达伟著,46.00 元
《听蛙室笔记》袁志坚著,46.00 元
《黑语言》李心释著,45.00 元

第 36 届青春诗会诗丛　《诗刊》社编　每册定价 46.00 元
《烟柳记》芒原著
《云头雨》朴耳著
《方言》叶丹著
《神像的刨花》王家铭著
《花期》吴小虫著
《可遇》陈小虾著
《又一个春天》蒋在著
《黄昏里种满玫瑰》亮子著
《东河西营》王二冬著
《万物法则》徐萧著
《野燕麦塬》琼瑛卓玛著
《眺望灯塔》一度著
《时间附耳轻传》苏笑嫣著
《土方法》韦廷信著
《羊群放牧者》李松山著

第 37 届青春诗会诗丛　《诗刊》社编　每册定价 46.00 元
《我的哀伤和你一样》张随著
《天台种植园》赵俊著
《我见过》张常美著
《孤雁》刘义著
《奇迹》李浩著
《去大地的路上》甫跃辉著
《花神的夜晚》李啸洋著
《爱与愧疚》叶燕兰著
《下南洋》杨碧薇著
《万物宁静》张琳著
《星星的母亲》贺予飞著
《万象》刘康著
《春的怀抱》康宇辰著
《雾中所见》王冬著
《暖沙》闫今著

第 38 届青春诗会诗丛　《诗刊》社编　每册定价 52.00 元
《无边》苏仁聪著
《出门》林东林著

《月亮搬到身上来》沙冒智化著
《废墟上升起一座博物馆》刘娜著
《风之动》王少勇著
《将雪推回天山》卢山著
《瀑布中上升的部分》程继龙著
《群山祈祷》梁书正著
《夏天的喜剧》何不言著
《新雪》陈翔著
《命如珍珠》张慧君著
《欢喜》鲁娟著
《向南不惑》也人著
《星辰与玫瑰》龙少著
《红楼里的波西米亚》赵汗青著

闻一多诗歌奖获奖诗人丛书　阎志 主编　每册定价 48.00 元

《简明诗选》简明著
《高凯诗选》高凯著
《晴朗李寒诗选》晴朗李寒著
《胡弦诗选》胡弦著
《马新朝诗选》马新朝著
《潇潇诗选》潇潇著
《潘维诗选》潘维著
《毛子诗选》毛子著
《田禾诗选》田禾著
《刘立云诗选》刘立云著

个人诗集

《云南记》雷平阳著,48.00 元
《基诺山》雷平阳著,48.00 元
《送流水》雷平阳著,46.00 元
《修灯》雷平阳著,49.00 元
《写碑之心》陈先发著,48.00 元
《宽阔》张执浩著,48.00 元
《欢迎来到岩子河》张执浩著,48.00 元
《从雪豹到马雅可夫斯基》
吉狄马加著,梅丹理、黄少政译,39.00 元
《阵雨》胡弦著,20.00 元
《沙漏》胡弦著,46.00 元
《自然集》李少君著,28.00 元
《诗歌读本 · 六十首诗》李少君著,张德明评,52.00 元
《个人史》大解著,28.00 元
《光谱》邱华栋著,48.00 元
《遗址:叶辉诗集》叶辉著,48.00 元
《主与客》余怒著,48.00 元
《盐碱地》潘洗尘著,48.00 元
《如何再向北》潘洗尘著,29.00 元
《碧玉》沉河著,46.00 元
《原样》周亚平著,46.00 元
《制秤者说》汤养宗著,46.00 元
《世界太古老,眼泪太年轻》臧棣著,58.00 元
《论诗》沈苇著,56.00 元
《湖山集》泉子著,32.00 元
《空无的蜜》泉子著,46.00 元
《青山从未如此饱满》泉子著,49.00 元
《桑多镇》扎西才让著,46.00 元
《记忆与追寻》杜涯著,46.00 元
《说剑楼诗词选》王亚平著 46.00 元
《零碎》荣荣著,18.00 元
《时间之伤》荣荣著,29.80 元
《潜行之光》池凌云著,29.00 元
《地球的芳心》路也著,29.00 元
《从今往后》路也著,39.00 元
《天空下》路也著,52.00 元
《个人危机》袁志坚著,30.00 元
《以问作答》袁志坚著,36.00 元
《野葵花》田禾著,18.00 元
《衣米一诗选》衣米一著,49.00 元
《变奏》阿毛著,29.00 元
《玻璃器皿》阿毛著,46.00 元
《看这里》阿毛著,46.00 元
《春风来信》何冰凌著,46.00 元
《风从草原来》林莉著,45.00 元
《枯木集》修远著,36.00 元
《山隅集》津渡著,28.00 元
《穿过沼泽地》津渡著,48.00 元
《极地之境》安琪著,46.00 元
《鲜花宁静》谷禾著,36.00 元
《流》向武华著,46.00 元
《擦玻璃的人》李浔著,36.00 元
《世界的眼睛》孟凡果著,42.00 元
《灵感狭路相逢》车延高著,36.00 元
《无尽的长眠有如忍耐》雪女著,46.00 元
《行吟者》刘年著,168.00 元
《马王堆的重构》草树著,36.00 元
《谢湘南诗选》谢湘南著,36.00 元
《退潮》高鹏程著,30.00 元
《江南:时光考古学》高鹏程著,46.00 元

《泥与土》江非著,49.00元
《大海一再后退》颜梅玖著,29.00元
《不可避免的生活》黄沙子著,36.00元
《她们这样叫你》王芗远著,32.00元
《一切流逝完好如初》阿翔著,39.00元
《我闻如是》木叶著,46.00元
《玉上烟的诗》玉上烟著,30.00元
《飞行记》太阿著,48.00元
《拉链》唐果著,36.00元
《离群索居录》金轲著,32.00元
《广陵散》轩辕轼轲著,37.00元
《岁月帖》殷常青著,46.00元
《越人歌》金铃子著,27.00元
《分身术》北野著,39.00元
《读唇术》北野著,46.00元
《我的北国》北野著,39.00元
《我看见》徐南鹏著,46.00元
《白马:诗的编年史》张立群著,46.00元
《草地诗篇》阿信著,32.00元
《泊可诗》牧斯著,32.00元
《如果是琥珀》青蓝格格著,32.00元
《半生罪半生爱》孙方杰著,29.00元
《不可有悲哀》飞廉著,21.00元
《欢喜地》胡人著,28.00元
《宠物时代》黄纪云著,26.00元
《夜行列车》李曙白著,28.00元
《沉默与智慧》李曙白著,32.00元
《美好的午餐》蔡天新著,30.00元
《荡漾》大卫著,39.80元
《仪式的焦唇》茱萸著,39.00元
《赋形者》胡桑著,39.00元
《花鹿坪手记》王单单著,49.00元
《搬山寄》张二棍著,52.00元
《痛苦哲学》黯黯著,39.00元
《舌形如火》厄土著,39.00元
《往世书集》刘化童著,39.00元
《鸟坐禅与乌居摆》须弥著,39.00元
《像石头一样工作》渡家著,49.00元
《美与罪》郁雯著,38.00元
《在潜江》彭家洪著,32.00元
《向内打开的窗子》宋峻梁著,36.00元
《我的麦田》宋峻梁著,46.00元
《清点傍晚的村庄》周春泉著,29.00元
《黑晶石》让青著,28.00元
《闪烁的记忆》让青著,39.00元
《顺着风》刘向东著,39.80元
《萤火虫》李强著,29.00元
《山高水长》李强著,46.00元
《在水一方》李强著,58.00元
《月光下海浪的火焰》陈陟云著,26.00元
《盲道》姜庆乙著,33.00元
《行者》慕白著,35.00元
《倒立》非亚著,39.00元
《我喜欢的路上没有人》包苞著,36.00元
《水至阔处》包苞著,39.00元
《远路上的敦煌》包苞著,48.00元
《听力测试》蒋立波著,58.00元
《致敬李白》姚辉著,58.00元
《与一座山喝酒》李长平著,32.00元
《从颤栗开始》范倍著,27.00元
《白昼隐者》梁潇霏著,32.00元
《蜻蜓火车》梁潇霏著,42.00元
《月光火车》燕七著,39.00元
《鲸鱼安慰了大海》燕七著,45.00元
《石头里的教堂》青蓝格格著,58.00元
《浮世绘》李郁葱著,28.00元
《山水相对论》李郁葱著,46.00元
《春风谣》王志国著,35.00元
《然也诗选》然也著,29.00元
《穿过锁孔的风》帕瓦龙著,39.00元
《夜鹭:帕瓦龙诗选 2015-2017》帕瓦龙著,40.00元
《一个词,另一个词》苏波著,29.00元
《半轮黄日》朱涛著,46.00元
《雪花开满村庄》彭家洪著,32.00元
《牵秋》杨伟成著,29.00元
《秋歌》杨伟成著,36.00元
《念秋》杨伟成著,39.00元
《动物之歌》秋子著,46.00元
《乐果》杨晓芸著,36.00元
《漫游者》高春林著,46.00元
《神农山诗篇》高春林著,39.00元
《交叉路口》世宾著,49.00元
《蜜蜂的秘密生活》梅依然著,46.00元
《少年辞》阎志著,36.00元
《时间》阎志著,58.00元
《脑电波灯塔》童蔚著,39.00元
《蛙鸣十三省》龚纯著,39.00元
《在我的国度》莫卧儿著,38.00元
《十二月的白色情歌》简单著,45.00元
《拂水若虚》张坚著,39.00元
《寻隐者》黑马著,46.00元
《园》纯玻璃著,38.00元

《咳嗽》平果著,32.00 元
《马在暗处长嘶》王琦著,45.00 元
《玫瑰语法》吴子璇著,39.80 元
《远方》陈树照著,36.00 元
《甘南书简》阿垅著,39.00 元
《我知道所有事物的尽头》海饼干著,29.00 元
《与楼共舞》李冈著,35.00 元
《时间的音乐》熊衍东著,35.00 元
《嵌入时光的褶皱》娜仁琪琪格著,29.80 元
《风吹草低》娜仁琪琪格著,58.00 元
《草木之心》白兰著,35.00 元
《万物皆有秘密的背影》蒋志武著,48.00 元
《涌上白昼》水印著,46.00 元
《柔和之令》水印著,58.00 元
《惶惑与祈祷》沙马著,36.00 元
《狩猎者》陶发美著,28.00 元
《芒萁》陶发美著,58.00 元
《小镇来信》杨章池著,48.00 元
《留言簿》卢卫平著,46.00 元
《小悲欢》林珊著,38.00 元
《望过去》李继宗著,49.00 元
《苹果已洗净放在桌上》离开著,48.00 元
《穿过雪夜的大堂》杨角著,49.00 元
《假寐者》赵目珍著,46.00 元
《那春天》弥赛亚著,46.00 元
《野兽和花朵》游天杰著,35.00 元
《或许与你有关》卢圣虎著,39.00 元
《在草叶上孤独》武雁萍著,39.00 元
《晚祷》藏马著,39.00 元
《往回走》川美著,36.00 元
《练习册》田湘著,46.00 元
《在皇冠镇》麦豆著,46.00 元
《并非诗》杨沐子著,36.00 元
《珞珈山起风了》余仲廉著,48.00 元
《在海之南》贾劲松著,36.00 元
《鸟宿时间树》鲁子著,48.00 元
《我的钥匙没有离开我》菜马著,56.00 元
《海风三人行诗丛》津渡、米丁、白地著,108.00 元
《缄默之盐诗丛》孟凡果、张曙光、朱永良、宋迪非著,68.00 元
《弦歌岁月》范文武著,46.00 元
《有风来过》张静著,46.00 元
《喜鹊与细柳》夏放著,46.00 元
《只有夜色配得上我》梅林著,39.00 元
《黑色赋》谢炯著,46.00 元
《寻云者不遇》李昀璐著,48.00 元
《春山空静》段若兮著,58.00 元
《白马史诗》汪渺著,50.00 元
《刺猬之歌》拾柴著,46.00 元
《我比春天温暖》李立屏著,36.00 元
《青麦》李立屏著,45.00 元
《滴穿》李立屏著,48.00 元
《枕边情诗》黄建国著,68.00 元
《备忘录》王晓冰著,49.00 元
《无声喧哗》骆家著,46.00 元
《砥柱》马景良著,39.00 元
《各自的世界》秦立彦著,46.00 元
《土地之上》施浩著,49.00 元
《和自己合唱》哑地著,46.00 元
《所见》天岩著,46.00 元
《非有非无》李心释著,36.00 元
《稻米与星辰》赵亚东著,56.00 元
《纸建筑》孟原著,58.00 元
《色彩游戏》蒙晦著,49.00 元
《富春山教》聂权著,58.00 元
《孤山上》祝立根著,49.00 元
《宝石山居图》卢山著,52.00 元
《蓝火》吴锦雄著,39.00 元
《唯土地对我们从不辜负》吴锦雄著,39.00 元
《丘陵书》徐后先著,49.00 元
《煤炭书》马亭华著,52.00 元
《飞行的湖》古马著,49.00 元
《南方辞》谭功才著,58.00 元
《煮水的黄昏》陆岸著,58.00 元
《雪像一万只鸟》高宏标著,49.00 元
《你住几支路》隆玲琼著,58.00 元
《不思量集》李苇凡著,58.00 元
《平行》陈泽韩著,45.00 元
《我在人间收集心事》陈秀珍著,48.00 元
《捧起的涛声已放回大海》陈其旭著,48.00 元
《生命是完全的绽放》伊青著,52.00 元
《乡村来信》柯桥著,39.00 元
《纯蓝》冯茜著,58.00 元
《万物的用意》李鑫著,56.00 元
《吾心之灯》应文浩著,58.00 元
《乌江集》子衿著,58.00 元
《雪落土墙村》胡中华著,58.00 元
《在山水的怀抱里》陈广德著,58.00 元

诗选集

《中国口语诗选》伊沙编选，39.00 元

《小凉山诗人诗选》，马绍玺主编，32.00 元

《六户诗》孙文波主编，28.00 元

《出生地：陵水诗歌选》李其文主编，50.00 元

《珞珈诗派》吴晓、李浩主编，48.00 元

《珞珈诗派 2017》吴晓、李浩主编，48.00 元

《珞珈诗派 2018》吴晓 李浩主编，48.00 元

《潜江诗选（1979-2015）》黄明山、让青主编，49.00 元

《潜江诗群（2016-2017）》黄明山主编，49.00 元

《蓝诗歌（2015 年卷）》谷禾、李南编，36.00 元

《群峰之上是夏天》雷平阳、谢石相、李发强主编，39.00 元

《当代普米族诗人诗选》胡革山、鲁若迪基主编，36.00 元

《五重塔》宛西衙内、小布头主编，46.00 元

《自行车诗选（1991-2016）》大雁、非亚主编，39.00 元

《中国诗歌民间读本》陶发美主编，36.00 元

《山湖集》王键、阿毛主编，46.00 元

《山湖集·2019 年卷》王键、阿毛主编，46.00 元

《喧嚣之敌》游天杰主编，39.8 元

《夜海帆影：红帆诗社三十周年诗选集》远岸、艾子、子由主编，36.00 元

《世界最初的直觉：中山大学诗歌选》黄东云 冯娜主编，39.00 元

《中国先锋诗歌："北回归线"三十年》《北回归线》编委会编，69.00 元

《"逆行者"：抗击新冠肺炎疫情诗选》长江诗歌出版中心编，36.00 元

《秘密的时辰》吴子璇主编，38.00 元

《客家五人诗选》离开主编，36.00 元

《黄河口诗人部落》赵雪松主编，36.00 元

《一川诗香：长川诗歌馆馆藏作品》李少君主编，39.00 元

《美妙文成》慕白主编，39.80 元

《新时代诗歌百人读本》李少君、符力主编，36.00 元

《无见地》吴振、陆岸、小荒主编，39.00 元

《诗写潜江》黄明山主编，49.00 元

《客家百人诗选》离开、庐弓主编，39.00 元

《当代荆州诗百家》吴利华主编，68.00 元

《柴桑诗派十人诗选》施浩主编，49.00 元

《给孩子的儿童诗》池沫树主编，45.00 元

《诗境与秘境》《诗刊》社编，58.00 元

《中国诗歌：2021 年度网络诗选》阎志主编，39.00 元

《中国诗歌：2021 年度诗集诗选》阎志主编，39.00 元

《中国诗歌：2021 年度散文诗选》阎志主编，39.00 元

《在银子闪光的年代》灯灯主编，58.00 元

诗论集

《2014 年中国诗论精选》中国作协诗歌委员会选编，39.00 元

《群峰之上：现当代诗学研究专题论集》江汉大学现当代诗学研究中心主编，68.00 元

《群岛之辨："现当代诗学研究"专题论集》江汉大学现当代诗学研究中心、《江汉学术》编辑部主编，58.00 元

《群像之魅："现当代诗学研究"专题论集》江汉大学现当代诗学研究中心、《江汉学术》编辑部主编，68.00 元

《末端的前沿：雷平阳作品研讨会文集》谢有顺等著，48.00 元

《自我诗学》敬文东著，58.00 元

《雷平阳词典》霍俊明著，98.00 元

《探索未知的诗学》赵目珍著，46.00 元